读书
文丛

朱 红

唐时明月

三联书店

图书在版编目（CIP）数据

唐时明月／朱红著．—北京：生活·读书·新知三联书店，
2019.2

（读书文丛）

ISBN 978 - 7 - 108 - 06255 - 0

Ⅰ．①唐…　Ⅱ．①朱…　Ⅲ．①散文集－中国－当代
Ⅳ．① I267

中国版本图书馆 CIP 数据核字（2018）第 054533 号

责任编辑　卫　纯
装帧设计　薛　宇
责任校对　安进平
责任印制　宋　家
出版发行　**生活·讀書·新知** 三联书店
　　　　　（北京市东城区美术馆东街 22 号 100010）
网　　址　www.sdxjpc.com
经　　销　新华书店
排　　版　北京金舵手世纪图文设计有限公司
印　　刷　北京市松源印刷有限公司
版　　次　2019 年 2 月北京第 1 版
　　　　　2019 年 2 月北京第 1 次印刷
开　　本　880 毫米 × 1092 毫米　1/32　印张 6.25
字　　数　119 千字
印　　数　0，001 - 5，000 册
定　　价　33.00 元
（印装查询：01064002715；邮购查询：01084010542）

目 录

2

序

陈尚君

　　初识朱红，是在1996年底或1997年初，她来找我，是为已经获得推免研究生的资格，希望我能担任导师。当时感觉，她是一位认真、会读书的女生，为人也真诚朴素，理解和表达能力都很好，这就具备了今后深造的基础，当然乐于承责。这样就有了以后五六年随我读书的经历——从硕士到博士，仍然推免，后来听说她从高中到博士，居然没有参加过一次升学考试，全部免试直升，还有更厉害的学霸吗？不过她倒一直是以平常心看待学业，交代的作业都完成得很好，读书中遇到的难题也愿意不断问我，我无法都能胜任，只能就所知告她，她也从来不会为难我。那时学校里没为老师提供研究室，研究生上课都在老师家中，她每次都骑一辆除铃铛不响哪儿都响的旧自行车，后面还带一位女生，穿过人车汹涌的道路而来，不免为她捏一把汗。偶然同学在我家聚餐，我怂恿她做道菜，她居然全部不会，真让人为她的未来担心。

　　朱红的博士论文选题为《唐代节日民俗与文学研

究》，她为此下了很大的功夫。主要的收获，这里引她当年的自评表来说明："创新点：1. 本文在较为全面搜集资料（《全唐诗》、《全唐文》、正史、类书、笔记、敦煌文书等）的基础上，对唐代节日习俗进行了综合性考察，揭示其基本特征及新变过程。在所附节日民俗编年资料中，首次将相关资料按编年方式呈现，较为清晰地提供了唐代节日习俗纵向的线索，为唐代节日习俗与文学研究进一步深入奠定基础。2. 从节日民俗与文学相互关系的角度，对此前为学界忽视的唐代节日诗会做了较为系统、详尽的考述，重点研究了《岁时杂咏》，并对岁时类书加以逐一分析、考察，从而清晰地勾勒出唐代节日诗会与文学的发展脉络。3. 对唐代具体节日节俗的探究有自己的独到见解（如中和节设立缘起、腊日宫廷赐物习俗的意义、唐代中秋的实际情况等），考证中注意到了为前人所忽略的一些内容，并对其中的一些疏漏和讹误加以补正。"对自己的表扬还算客观而有分寸。她当时也做了一些专题研究，告诉我曾投出的稿子有《中和节考》《唐代中秋新说》《从唐代上元节看佛教文化的影响》《唐代的读时令》《岁时杂咏钩沉》《唐代节日诗会：应制与唱和》《岁时类书的比较研究》等，也应算勤奋。在这过程中，她更多的兴趣是在探讨古今岁时节日主要有哪些变化，中古新起的重大节日如上元、中秋等受到哪些文化影响而渐次定型，唐人岁时节日的穿着、饮食、游艺、交往有哪些新的特色，这些新俗在存世文物中有哪些实物遗存，在具体行为上又是如何动态展示的。这时起，她对唐代的风花雪月、奇装异服、人情冷暖、日常物事，无不以浓厚的兴趣加以关注，日积月累地寻求确解，学术兴趣不知不觉地有所转移与变化。

朱红论文答辩时，我恰好在日本访学，只好委托其他老师代为审查，据说评价不错，顺利通过。此后她结婚生子，家庭美满，工作稳定，当然日常琐事会牵扯许多精力，当我多次听她夸讲烹饪技艺如何日新月异时，真不能不对她刮目相看。虽然如此，她在家庭、工作与写作上，似乎很能处理得从容淡定，优裕稳妥。最大的变化，似乎一是曾到海外访学，大大开阔了眼界；二是协助夫君，搜集了数量巨大的徽州文书，这里总让人容易联想到宋代那位有名才女的家庭生活——当然，这是我想多了。现在结集的这本书，就是她最近十多年发表在一些人文刊物上的学术随笔汇编而成。通读一过，确实感觉到她的阅读兴趣、文化品位以至行文笔势，都已经有了许多变化。

本书收文十八篇，读来都很有兴味。《唐人的新年》写唐时的年俗，从宫廷到市井，从郡斋到山野，都沉浸在送旧迎新的欢乐气氛中，喜气融融。《唐人的春天》更欢快，逢花即饮，乘兴游衍，加上节日频仍，人生多暇，谁能不流连春光，享受人生？寒食扫墓，心情一变，朱红却从武后时期的一桩公主失窃案写起，引起玄宗诏书"寒食上墓，礼经无文，近世相传，浸以成俗"的规诫，写出寒食、清明节俗转变过程的严肃话题。《唐时明月》似乎是她在新疆旅游时的即兴联想，其中古今玩月诗的写作自可敷写，最精彩的还是告诉我们最初的月饼具体是什么形态。《苦荬饦饦与泼生》《德食之间》告诉我们唐代的民间小食与大块吃肉，具体该如何烹调，读来让人味蕾大开。还有《新缣故素》将唐人闺闱内的隐情与面对新妇旧人的复杂心境写出。所引敦煌《放妻书》，在治敦煌学者自是常见文献，但世俗知者不多，所揭分手之际，彼此没有怨愤，故夫更祝旧妻"更选重官双职之夫"，唱出"希望你过得比我好"的良好祝愿。这才是中华民族的民间美德，可惜后来千年被认真而迂执的理学家弄得本末倒置。《奁谱·礼金·婚俗》则写出一位六十二岁老翁面对四十五年前与老妻新婚时的奁谱，回首往事的感慨。这份奁谱经过多少代子孙的珍袭，现在意外地归朱红所有，她从中想象一百七十年前皖南娶亲之盛况，妆奁之丰盛，乃至那个时代日常生活的种种细节，当年的商业往来、经济状况和人情礼教，心有戚戚，不仅仅是发思古之幽情了。还可以举许多例子。比方今人赏花都喜欢明艳花开，而朱红却特别注意唐人对半开花之吟咏，从中体会古人不求已甚的中庸闲适心情。《相思怎成灰》则从扈载妻嫉妒成疾的有趣故事，说到唐人日常熏香的原因及其佛教寄意，真很有意思，恕我不一一列举了，否则一定会因我拙劣的介绍影响读者阅读的心情。

如果有人问我，这些文章能算学术论文吗？我认为也算，也不完全算。什么是学术论文？学术论文当然应该能发前人之未言，有认真的学术史回顾，有严密的科学证明，引经据典，一步不苟，若如此，真有所不同。然而放眼当今，人类社会的所有知识几乎全部已经穷尽，人文领域尤甚，既已难有重大突破，还老整那些无人阅读的高头讲章，真有意思吗？我自己也在改变，纯学术的也做，每年也写几十篇长短不一的读书随笔，无他，遣兴而已。朱红的这些文章，是她长期关注唐人日常生活的成果，体会古人的情调与习惯，加上自己的体悟与感受，不仅有想法，有情感，也有好文笔和新文献。这些文字，年轻的文史爱好者可以读到品位与文采，如我这样的姑且算专家吧，也时有特别的心会。比如《北梦琐言》所载柳家细婢一节，用新出的盖巨源墓志来参读，我也曾引过（见台湾师范大学《国文学报》2012年2期刊拙文《柳玭〈柳氏叙训〉研究》）。但朱红却以诗性的文字重新描述柳婢到盖家以后的生活场景，解读盖本人的社会地位与其俗侩行为的落差，并揭示这一故事从《嬾真子》到《北轩笔记》的变化轨迹，说明雅俗之间的文化差异如何影响下层群体的行为选择。唐传奇《唐晅》，台湾大学陈弱水先生作过长篇论文，朱红则从另一立场解释，借生死判分的夫妻，因鬼魂重新现身而再谈生前身后事，温情婉婉，彼此珍惜，真是难得。好的学者，能将自己读书中的独特体会、人生感受、文化品位，以及精神矜持，写出来贡献给社会与读者，实在是比写几篇学术论文更重要的事情。

朱红的博士论文，从通过到现在，十五年了，一直还没有出版。因为早就在网上公开，她也抱怨自己发现的新材料、新观点不断被别人抄袭或偷取，但自己又一直没有定稿出版，很觉遗憾。其间原因，我完全理解。读她当年的文字，对比她近年的文章，可以看到无论阅读的广度和深度，表达的分寸与舒展，论说的精密和从容，都已经有很大的不同。我自己也有同样的感受。回看当年文字，不做大的改写和增补，真有些不好意思再拿出来。1992年中华书局出版我的《全唐诗补编》，完全是前数码时代的著作，当年或有许多惊喜的收获，但仔细推敲则问题很多。从2007年开始，很想做一部新版，题目也想好了，叫《全唐诗补遗集成》，即将日人市河世宁《全唐诗逸》以后各家补遗，全部打通重编，每篇下都注明是谁发现，每位诗人的作品都汇总在一起，各家之考说也尽量保留。展开后发现问题来了，敦煌遗诗是否都收？诗以外的词和俗曲佛赞如何处理？新补诗与旧有诗的千丝万缕联系又如何处理稳妥？似乎不全部处理存世唐诗，仅作补遗，总会有许多遗憾。恰好又碰到意外的波澜，干脆发愿写定全部存世唐诗，将存世唐宋典籍彻底翻个透，一投入就是十年，最终定稿还有时日，好在快了。不知道朱红是否也有类似的感受。恰好这两天为与她前后毕业的张春晓新著写序，她的博士论文原题《乱世华衣下的唱游——宋季士风与文学》，十万余字，现在改写为《贾似道及其文学交游研究》，不仅全部重写，中心主旨也有根本变化，篇幅几乎增加了两倍。我读后真有耳目一新的感受。先贤说，五十而知四十九年之非。没有其他原因，世界在变，自己的学术积累与品位也在日日趋新。"回瞻林下路，已在翠微间。时见云林外，青峰一点圆。"（［宋］岳珂《宝真斋法书赞》卷八引唐人《青峰诗》帖）瞻前顾后，不如下个大决心，玩出全新的面目来。

我认识朱红恰好二十年，看着她从青涩的学生逐渐成长，才情与识见与日俱增，学问与文章不断变化，为她高兴，也期待她新的进益。

且此为序。

2017 年 7 月 7 日

唐人的新年

"共知欲老流年急，且喜新正假日频。"——这是五十三岁任杭州刺史的白居易（772—846）写给同僚的诗句……

辞旧迎新之际，诗人特别感受到时间的迅疾如快马流星，扬长而去；幸而新年正月里假日频频，友朋相聚的快乐，拂去他感时伤怀的些许惆怅。

白居易的新年假期究竟有多长呢？依唐制，内外官吏在节日都有休假，譬如唐玄宗时期就规定，元正和冬至各给假七天。这七日的安排，似乎与现在自除夕开始休息不同——敦煌写本郑余庆《大唐新定吉凶书仪》中说："元正日，冬至日，右已上二大节准令休假七日，前三后四日。"意思是新春元正的假期从除夕前两日开始，而到正月初四结束。郑余庆大历年间为进士，曾经四朝而居将相之任，白居易为翰林学士时，曾为宪宗拟过给郑余庆的诏书，称其"累居衮职，时谓尽忠"。后者领衔修撰的《吉凶书仪》大约成书于元和年间，该书汇聚了诸多高门士族的家礼，其中还采集时俗，是当时一部通行的礼仪书轨。

白居易的生活年代，正当该书的流行时间，因而现存敦煌本《吉凶书仪》中"节候赏物""祠部新式"等内容，可以反映当时真实的节假状况。由此书仪可知，元旦新年之后，唐人的假期接踵而至的还有正月初七的人日、正月十五的上元节，更不用说依常例，官员及其下属每十天便有一日休息的旬假了。难怪白居易在诗中感慨："闻健此时本劝醉，偷闲何处共寻春。"岁酒的醇香中飘散着春天的气息，作者新年里的闲适生活与喜悦心情，于此可以感受一二。

在长安城内，新年的宫廷是一派肃穆而忙碌的景象。元日又称三元，被认为是岁之元、时之元、月之元，在古人的时间序列中，具有浓厚的象征意味。"天颜入曙千官拜，元日迎春万物知"，说的就是元日朝会的情形。"一片彩霞迎曙日，万条红烛动春天"，众官员拂晓即已按品阶方位列队等候，烛火通明的仪仗有"火城"之称。根据唐代礼部的规定，元日朝会在太极殿举行（后在大明宫的含元殿，东都洛阳则是在乾元殿），殿上陈设礼乐、历代宝玉、车乘，仪仗庄严。皇帝衮冕临轩，皇后、百官、朝集使，以及皇亲国戚都着朝服一同参加。而仪式的过程中，包含了皇太子、诸公的献寿礼仪，中书令上奏地方的贺表，黄门侍郎奏祥瑞吉兆，户部尚书奏诸州的贡献之物，礼部尚书奏诸蕃的贡献等内容。四方恭贺的诸多礼仪不仅是对新年的美好祈福，更凸显了皇权的至高无上，以及中央对地方所拥有的控制权力。香烟缭绕的殿堂上，天子俯视的目光一定曾穿过殿前的诸多臣僚，投射向遥远的天际——朝霞映衬下，第一缕阳光喷薄而出，耳边的声声"万岁"，仿佛随着这新的光明，穿越了层层朱阙，撒向大唐的广袤疆域。正如唐太宗李世民所作的《正日临朝》诗所展示，新年伊始，他心潮澎湃：

条风开献节，灰律动初阳。百蛮奉遐照，万国朝未央。虽无舜禹迹，幸欣天地康。车轨同八表，书文混四方。赫奕俨冠尽，纷纶盛服章。羽旄飞驰道，钟鼓震岩廊。组练辉霞色，霜戟耀朝光。晨宵怀至理，终愧抚遐荒。

天子的雄心与骄傲，跃然纸上。而对于来朝的"百蛮"与"万国"，李世民不仅有诗中所展示的车同轨、书同文大国君主的威严，还有着和风旭日的关怀。据史书记载，贞观十五年（641）正月，唐太宗对侍臣提到：听说来朝的都督、刺史等到京城后，只能租赁房舍与商人杂居，既于礼不足，生活上也想必人多不方便。于是十七年（643）下诏，命令在京城内各坊中，为诸州的朝集使建造邸第三百余所，太宗亲自去察看。这些诸州邸舍后来虽然因饥荒残毁而被卖出，但到唐德宗建中二年（781）的时候，朝廷同意户部请求，以官宅二十所分配给诸州的朝集使，解决住宿问题。事实上，地方诸道为元日贺正，往往在十二月就已遣使到京，但是觐见与否，以及所进的贺正表送省司时间前后有别，导致出现种种于礼不合的混乱情况。所以唐玄宗曾下令，所有贺正使都应在元日这一天随京官一起参加朝会拜见，他们的贺正表也直送四方馆，在元日仗下后同时呈上。

在现存的唐文中，我们可以看到曾任福州刺史的裴次元所写的《贺正进物状》：

> 臣伏以青阳发春，肇宝历于兹始；元穹降祚，仰圣寿而维新。正殿向明，班行承庆。顾臣等守土，列在东隅，空怀捧日之心，望云何及；独阙称觞之礼，鸣佩无因。瞻九重而在天，空倍情而增恋。前件物及衫段宣台卓座等，礼不惮轻，物斯展敬。节当有庆，用申致贡之诚；情苟为珍，愿比负暄之献。臣某不胜感恩忭跃屏营之至。

所谓"东隅"，即指裴次元所在的福建，从文中"空怀捧日之心""独阙称觞之礼"来看，他没有出现在新年元日的朝会中，而是遣使贡献衫段等礼物，在贺正状中通过文字表达了地方对中央的忠心臣服。

这种礼到人不到、上表皇帝祝贺新年的情况在当时应该比较普遍，所以郑余庆的《吉凶书仪》所收录的贺正表也是如此，称"元正启祚，万物惟新……臣滥守藩镇，不获随例称庆阙庭，无任恳恳屏营之至。谨奉表陈贺以闻"。

有意思的是，无论是唐代的假宁令，还是书仪，其中的新年元日与冬至这两个节日常常并列而言。838年，日本圆仁和尚入唐求法，路经扬州，他记述当时的冬至"此节总并与本国正月一日之节同也……皆有贺节之词"，说的正是冬至与元日节俗的相同，无论贵贱，官员或百姓都遵礼相见拜贺。这里提到的贺节之词，不是书面语，而是指人们道路相逢，见面时的节日说辞。白居易的《元日对酒》诗中有"逢迎拜跪迟"之句，这种新年里见面拜贺的礼仪，根据圆仁的记录应该就是指"右膝着地，说贺节之词"——逢人拜年则需要右膝下跪，大约白居易也有些吃不消，所以才会发出"不因时节日，岂觉此身衰"的感慨吧。

至于唐人新年时所说贺词，也正因为冬至与元日节俗的相同，我们可以从圆仁的描述中推知：当时新年的元日，僧家俗人也都是互相致辞礼贺的，譬如见相公，应当说的就是"元正启祚，万物惟新，伏惟相公尊体万福"之类的吉祥话。这种新年贺语，不仅通行于大唐官民之间，甚至连当时来唐居住的新罗僧人也如此。开成四年（839），圆仁到山东文登赤山法华院寄住，此地处于山东半岛的尖端，与新罗隔海相望，当时是新罗人聚集之地，除夕"后夜，诸沙弥、小师等巡到诸房拜年，贺年之词依旧唐风也"。可见，入乡随俗，那些新罗僧人拜年之际，口中念念有词的，正是"元正启祚，万物惟新"等语。

圆仁自唐文宗开成三年（838）渡海抵达唐土，为求佛法跋涉多地，直至唐宣宗大中元年（847）返回日本，据其九年间所见所闻写成《入唐求法巡礼行记》一书。圆仁以他者的眼光，为我们提供了许多生动的唐人生活细节。他初到扬州这一年的除夕，只见"道俗共烧纸钱，俗家后夜烧竹与爆，声道'万岁'。街店之内，百种饭食异常弥满"。圆仁在记叙此前冬至节俗的时候就说过，俗家寺家都各自储备了美味膳食，百味总集，随人所乐，元日情形一样。这种迎新的方式，早在南朝时期的《荆楚岁时记》里就有说明："岁暮家家具肴蔌，谓宿岁之储，以迎新年。相聚酺饮，留宿岁饭至新年则弃之街衢，以为去故纳新也。"新旧交替的时刻，爆竹的脆响，驱走人们心中的不顺，彼此互道的"万岁"声声，则是唐人对时光延续的虔诚祝福。而当时的长安，多元文化交融，彼此影响，四方商旅辐辏，东西两市车水马龙，节日里更是一番热闹的景象。据唐代笔记说，长安市里的风俗，每岁元日以后，各个业者依次互相邀请饮食，称之为"传坐"，故事就从东市的笔工赵大按顺序坐东展开……在美食的包围中，这种新年的餐聚，可以见出唐代商业分工之细密与民间社团组织的初显，而节日由此更具人情的温暖。

唐代岁宴之上，必不可少的节物有屠苏酒，敦煌文书中所记录的节候赏物，就有"岁日赏屠苏酒、五辛盘、假花果，胶牙饧"。屠苏酒其名，据孙思邈《屠苏饮论》说："屠者言其屠绝鬼炁，苏者言其苏醒人魂。"因用药八品，也称八神散。屠苏酒的做法，唐人韩鄂的《四时纂要》是这样说的："大黄、蜀椒、桔梗、桂心、防风各半两，白术、虎杖各一两，乌头半分。右八味，剉，以绛囊贮，岁除日薄晚，挂井中，令至泥。正旦出之，和囊浸于酒中，从少起至大，逐人各饮少许，则一家无病。"从其药材来看，这种家家迎新的屠苏酒，正如孙思邈的《备急千金要方》中所言，主要是为了"辟疫气，令人不染温病及伤寒"。孙书中也有屠苏酒的配方，除了药材略有不同，制作中还需将药浸入酒后"煎数沸"，大约使药力更为发散，酒味更加浓郁。其饮用的方法是自年少者起，年长者居末，据说是因为小者得岁，先酒贺之，老者失岁，故后与酒。因此白居易的元日诗中有"岁酒先拈辞不得，被君推作少年人"之说，而在他与刘禹锡等好友的元日唱和诗中，也屡屡出现"与君同甲子，岁酒合谁先""与君同甲子，寿酒让先杯"，方干更有"才酌屠苏定年齿"的句子，可见元日饮酒的确以年齿幼长为序。此外，侯白的《酒律》说，岁日饮酒从少到老一轮下来，年长居末尾者则连饮三杯，以示安慰，称之为"婪尾"。唐诗中也多写作"蓝尾"。白居易的《元日对酒》诗中称："三杯蓝尾酒，一碟胶牙饧。除却崔常侍，无人共我争。"意思是年岁最长，当仁不让地成为最末一人，连饮三杯。这种唐人的新年节物屠苏酒，在同时期日本的年中行事中也可以见到其踪迹，据说嵯峨天皇弘仁二年（811）已有记载，宫廷内元日供御药事，即饮屠苏酒，其做法也同样是于除夕夜"以屠苏渍御井"。

唐风东渐，而佛法西来，在日本圆仁和尚的记载里，唐人的新年中可以看到许多与佛教相关的场景。842年正月一日，他在长安，见"家家立竹杆悬幡子，新岁祈长命。诸寺开俗讲"。俗讲，是以通俗的讲唱形式，吸引士庶，传播佛经奥义。圆仁提到新年里讲的有《华严经》《法华经》和《涅槃经》，而会昌寺的文溆法师被认为是当时长安城中俗讲第一人。据说文溆擅长吟经，其声宛畅，感动里人，可以想象，僧徒俗众在新年的假日里，纷纷入寺听俗讲，在大德们吟哦的经声中，感受到九天佛国的无上美好，惊叹行善积德的诸多神迹。这也是唐人新年的一种娱乐方式吧。

圆仁提到的幡子，在佛教中用以供养菩萨，佛经中说造此能得福德，避苦难，往生净土。敦煌莫高窟曾出土一发愿幡，上有墨书，是开元十三年（725）人祈求眼疾痊愈发愿所造。唐人新年中即用幡来祈求长命百岁。这种祈福的唐幡，在日本奈良正仓院中现在也可见到。正仓院建于 750 年，正值唐朝盛世。当时中日交流频繁，圣武天皇的许多用具源于唐朝，这其中就包括了书圣王羲之等人的书法作品，以及诸多礼乐器和佛经。在他辞世后，"追感畴昔，触目崩摧"的光明皇后（701—760），将其生前用品悉数捐献出去。在保存至今的唐幡上，夹缬的花样依然清晰，颜色还很鲜明，丝缕间闪耀着的光泽，仿佛仍寄托了当时人们的种种心愿。

正仓院的宝物中，还有光明皇后所书写的一卷《杜家立成杂书要略》，其抄录内容为唐人的来往书信，共三十六札。其中有一通作《岁日唤知故饮酒》，是召唤老朋友岁日一起喝酒的来往书信：

日号芳年，杯名长命。同受多福，义无独宴。故令驰屈，希勿余辞，冀近传杯，遣此无运。

答：既登献岁，幸履芳辰。未到之间，已欲驰驾。既蒙嘉命，岂敢辄安。即事速参，谨还无具。

所谓"杯名长命"，庾信诗有"正旦辟恶酒，新年长命杯"，指的是新年岁酒。从去信及答书，我们可以读出二人心神相契，新年共饮的好兴致。这些岁时往还的书信，敦煌写本《朋友书仪》也有收录。在种种遵循的礼仪规范之间，唐人笔下新年里对远方亲友的相思之情与感时之叹，读来依然真切感人。

新年是四季轮回中的起点，人们回顾畴昔，眺望明日。唐人欢乐的年宴上，屠苏酒饮下的是对于时间延续的美好期盼，肃穆的元日朝会，是政治大国的新年祈福。而在时光飞逝之中，个人所为那么有限，元日里诗人们写下无限感慨，"自惊身上添年纪，休较心中小是非""莫嗟一日日催人，且贵一年年入手"……

会昌二年（842），白居易七十一岁，他在新年里写道：

白须如雪五朝臣，又值新正第七旬。
老过占他蓝尾酒，病余收得到头身。
销磨岁月成高位，比类时流是幸人。
大历年中骑竹马，几人得见会昌春。

后人评这首《喜入新年自咏》诗曰，每句中皆有一喜。

的确，在感慨时光飞去，白须如雪的同时，诗人每每找到人生可以庆幸之处，在无情的时间之流中，与有情人做快乐事，不愧是唐人乐天！

（原载"澎湃新闻·私家历史"2016 年 2 月 11 日）

唐人的春天

　　年末正逢寒潮，却有朋友从洛阳递来一盆牡丹，说是贺岁。到家的时候枝头已缀有十来个花苞，泛出浅浅红色，透露一线春的消息。室内暖风轻拂，几日下来，牡丹一朵接一朵地开了，重瓣嫩蕊，俯仰向背，直让人担心枝条承不住如此的丰盈华美……赏叹之余，让我想起小时候看过的那本连环画《百花仙子》。

　　故事改编自明李汝珍的《镜花缘》开篇：一日，专司人间花卉的百花仙子，与麻姑洞内饮酒下棋，相谈甚欢，不想人间女主武则天冬日酒后戏言：

　　　明朝游上苑，
　　　火速报春知。
　　　花须连夜发，
　　　莫待晓风吹！

武则天醒后还自羞愧，却听报得御苑里百花齐放，独缺牡丹——原来是众花仙群芳无主，只得各自领旨开花去了。

牡丹仙子因到得最晚，差一点就被炙成枯枝，最终也还是被武则天贬去了洛阳——据说，这就是洛阳牡丹擅名天下的由来呢。

"人歌小岁酒，花舞大唐春。"武则天醉令百花，小说野史固不可信，但牡丹之美，几乎已成为历史上那个盛大开放的唐朝的象征。

唐人对于牡丹的欣赏，也的确不遗余力。李肇《唐国史补》说："京师贵游，尚牡丹三十余年矣。每春暮车马若狂，以不耽玩为耻。"李氏为中唐时人，曾任翰林学士，他所说的唐人赏牡丹，大概始自武则天时代，而尤以唐明皇时为最盛。这种如痴如醉的赏花姿态，多在长安曲江游春之时："人置皮袋，例以图障、酒器、钱绢实其中，逢花即饮。故张籍诗云：'无人不借花园宿，到处缘携酒器行。'……曲江之会，行市罗列，长安几为之半空。公卿家率以是日拣选东床，车马阗塞，莫可殚述。"这是五代人王定保在《唐摭言》一书中追述唐人曲江宴游时的情景。

由于逢花即饮，随兴而至，所以游春的时候需要携带游春物事——这种用来携带图障、酒器等物的皮袋，又可称为"照袋"。据说王少保仁裕每逢天气和暖之时，必乘小驴，带着三四苍头，携照袋贮笔砚、《韵略》、刀子、笺纸并小乐器之类，随意栖止于名园佳墅。照袋以乌皮为之，四方，有盖并襻（用以结系的带），为五代士人所用。王仁裕作有《开元天宝遗事》，他游春所用的照袋，从其有盖、襻来看，已约略不同于包裹之类的柔软无形。而根据陶毂的叙述，此前已出现过一种名为方便囊的物事。陶毂是五代宋初人，撰有《清异录》。该书分天文、地理、饮食等三十七个门类编录，杂取隋唐至五代的各类典故。书中称"唐季王侯竞作方便囊，重锦为之，形如今之照袋。每出行，杂置衣巾、篦鉴、香药、词册，颇为简快"。唐代用锦制作的方便囊，用来盛放游春时的衣物、梳篦、铜镜和诗书等物件，比起五代宋初的皮照袋，应该更为轻便合用。"风柔日薄春犹早，夹衫乍着心情好"，带着仆从三四个，或是友人相携一二位，面对春和景明，流连花簇，翻检韵书，吟哦赋诗，是唐人游春的常景。所谓花添游兴，酒助诗情，在《清异录》一书中，陶毂还描述了一种名为五位瓶的酒器，这种盛酒器自同光至开运年间（923—946）流行，它以银铜为之，高三尺，围八九寸，上下直如筒样，有嵌盖其口，微洼处可以倾酒，"春日郊行，家家用之"——从方便囊到五位瓶，这些郊游物件的精致齐备，也让人可以大致想见唐时春游的盛况。

正如白居易在与元稹的唱和诗中所写，唐时游春有上巳、寒食等诸多节日：

何处春深好，春深上巳家。兰亭席上酒，曲洛岸边花。弄水游童棹，湔裙小妇车。齐桡争渡处，一匹锦标斜。

何处春深好，春深寒食家。玲珑镂鸡子，宛转彩球花。碧草追游骑，红尘拜扫车。秋千细腰女，摇曳逐风斜。

这组唱和诗题作《和春深二十首》，在白居易的笔下，我们可以看到上巳风光，被禊洛水，士女褴裾，甚至有了水中竞渡，争夺锦标；亦可见寒食的镂鸡子、打秋千、蹴鞠、拜扫习俗以及清明赐百官新火等。无论是三月三日的水中花、席上酒，寒食日里雕镂精美的鸡蛋，人们脚下旋转的彩球，出城扫墓成行的车马，春风中女孩子秋千架上飞扬的衣裙，那些春天节日里的风情，带着蓬勃生机，跃然纸上。

上巳在三月三日，所谓被禊，本来是指在水边盥洗，祛除不洁和疾病，后来由于水边宴饮，还有了曲水流觞的典故。王羲之的《兰亭集序》就是源于在会稽的兰亭边，举行禊事而作，其时间正是三月三日。有意思的是中国传统节日中还有一月一日元旦、五月五日端午和九月九日重阳，它们被称作重数节日，这些节日，大概在三国时期就已形成。有日本学者指出，此一现象与纪年方法逐渐脱离干支而以序数纪年的现象有关。寒食，指的是冬至后第一百零五天，清明在其后两天。正如白居易诗中所说"元年寒食日，上巳暮春天。鸡黍三家会，莺花二节连"，诗题作《会昌春连宴即事》，为白居易和刘禹锡等三个诗人接龙而成。他们因为节日接连不断而在春莺春花中相聚的时候，正是寒食与三月三日接近的时间。所以说，这几个春天的节日会有重合或者接近的可能。《唐六典》中，关于官员的节日放假有这样的规定："内外官吏则有假宁之节，谓元正、冬至各给假七日，寒食通清明四日，八月十五日、夏至及腊各三日……"假宁之节，指的是放假休息的节日。该书为李林甫等人所著，主要记录了盛唐时期的典章制度，从中可以看出寒食和清明是接连放假的，在唐玄宗时期，"许寒食、清明四日为假"。此后，经过安史之乱，藩镇维持均势，中兴的气象开始出现，上下有所喘息，嬉乐复起，因此唐德宗诏令寒食、清明休假五日。即便如此，对于游春兴浓的唐人来说，由于寒食、清明的不定期，若与三月三日上巳节重合，则减少了春游赏玩的理由和机会。

贞元年间，意犹未尽的天子因此下令另设一个中和节，以弥补春天这一时间段内节日的不足——789年正月，德宗下诏，自此以后，以二月一日为中和节，内外官司休假一天。并命令文武百官在这一天进农书，司农进献谷种，而王公贵族上春装，士民百姓互相赠送尺和刀，村社作中和酒，祭祀五方神中的勾芒神，聚会宴乐，以此名为"飨勾芒，祈年谷"。

而从李繁《邺侯家传》的描述来看，中和节这一唐代新设的节日是李泌揣摩皇上赏花的心思而设置的——在和风熙日中宴游玩乐，正是创建中和节的根本缘由：

德宗曰："前代三、九皆有公会，而上巳日与寒食往往同时。来年合是三月二日寒食，乃春无公会矣。欲以二月创置一节，何日而可？"

泌曰："二月十五日以后虽是花时，与寒食相值。

二月一日正是桃李时，又近晦日。以晦为节非佳名也，臣请以二月一日为中和节，其日赐大臣方镇勋戚尺，谓之裁度。令人家以青囊盛百谷、果实相问遗，谓之献生子；酝酒，谓之宜春酒。村间祭勾芒神，祈谷。百僚进农书以示务本。"

上大悦，即令行之，并与上巳、重阳谓之三令节，中外皆赐钱寻胜宴会。

李泌是唐朝历史上堪比郭子仪的人物，他身经玄宗、肃宗、代宗和德宗四朝，亦隐亦仕，参与朝政，官至宰相，封为邺侯。其子李繁作有《邺侯家传》，虽然是小说家言，不可全信，但它可能重现了当日设立中和节的场景，值得推敲。从时间上看，我们可以依照《唐代的历》检索——该书由日本学者平冈武夫所著，将有唐一代年月换算成公历，是唐代研究的基本工具书。经查，贞元五年（789）寒食在三月甲辰，正是三月二日。由此可以推断前引对话如确实，当发生于贞元四年（788），恰是中和节设立之前一年。

由于寒食与三月三日的上巳时间太过相近，导致寒食节的宴乐只不过是上巳活动的一个部分，减少了春日游玩的机会，因此德宗想到要在三月之前的二月创立一个节日。而李泌的回答也很妙，他选择节日时间的依据首先是花期：二月半以后，当是春花烂漫之始，但依然同寒食太近，无形中将冲淡这一新创节日的欢娱气氛；二月一日是桃李花开时节，但前一日是正月晦日，也是传统节日。怎样解决这一矛盾呢？好在晦日这一名称不够吉祥，所以他建议将晦日后一天的二月一日作为创立新节的时间，命名为中和节，并通过种种节日行为强化这一节日的民俗意味，并为之找到了一个以农为本的节日依据。所谓："风俗时有变，中和节惟新。"一个从宴乐目的出发、以传统民俗为根本、以重农务本为节日依据、敦睦臣子、娱乐万民的新节就这样设置完备了。因而龙颜大悦，并通过国家法律手段将这一节日固定下来，和上巳、重阳一起作为三大佳节，大小官员皆休假一日。

在中和节这一唐朝新创的节日中，我们可以看到一个特别的现象，那就是赐大臣贵戚以尺，"谓之裁度"，这是什么意思呢？这一节日行为的源头，其实可以上溯到《礼记》——古人认为根据星相的推算，仲春二月"日夜分则同度量，均衡石，角斗甬，正权概"。意思是说，春天二月的时候由于昼夜长短平分，这时器物的阴阳之气平和、空气燥湿，也就是水分含量均等，所以具备客观条件来对度量衡做一精准的校正。而这种度量衡的校正，必须由天子来实施（其中之一即是对长度单位尺的校准），被认为当于二月一日这一昼夜平均之时来实现。因此在《唐六典》中就有这样的记载，掌管宫廷内各种器物服饰的中尚署，在每年的二月二日，要向皇帝进献镂牙尺及木画紫檀尺。这一记载，是对《礼记·月令》以来传统的继承，其进尺时间定于二月二日。而德宗时始创的中和节，也是在传统的基础上，吸收了前代玄宗时期的典章制度而重新制定的，从时间上来看，它将各种民俗行为汇于二月一日，无疑增加了中和节的庆祝意味。

　　白居易就曾经收到这种皇帝赐下的中和尺，他在《中和节谢恩赐尺状》中称宣赐给他的是红牙、银寸尺各一。银寸尺，有人认为其工艺是每隔一寸包嵌一寸银箔。而所谓红牙尺，是将象牙坯料染红后制成，值得庆幸的是，此一唐时节物，今天依然可见——在日本奈良正仓院，即藏有唐代红牙拨镂尺。这一以珍藏日本圣武天皇宝物著称的正仓院，建于750年，正值唐朝盛世。由于唐风东渐，中日交流频繁，圣武天皇的用具中许多源于唐朝，这其中就包括了书圣王羲之等人的书法作品，以及诸多乐器、礼器、佛经和生活用品。在他辞世后，皇后情深于物，睹物思人，便将圣武天皇的生前用品悉数捐献。记录当时这些藏品的目录，被称作《东大寺献物账》，至今与那些历久弥新的宝物一起完美地留存于世。数十年前，王国维先生曾撰《日本奈良正仓院藏六唐尺摹本跋》，对正仓院所藏拨镂牙尺等唐物加以考述，称其"刻镂傅色，工丽绝伦"。20世纪30年代客旅京都的傅芸子先生亲睹正仓院宝物，为之叹赏不置，作《正仓院考古记》，详细描述了北中南诸仓所藏文物，唐代拨镂牙尺亦在其中。2007年，韩昇先生所著《正仓院》出版，值得艳羡的是作者得以进入这个保存完好的千年宝库，在精美绝伦的唐物中徘徊淹连。书中所附一百五十帧珍贵的正仓院宝物图片，也是首次在国内出版。唐代的拨镂牙尺，此种雕刻精美的宫廷用品，在书中亦有呈现，据作者介绍，在正仓院保存的十九把尺子中，北仓和南仓各有四把可以确定用于仪式。在图中，我们可以看到牙尺以鲜艳欲滴的红绿为底，一寸一格，上镌吉祥寓意的花鸟图案，并缀以他色。方寸之间的交相辉映，带来盛唐时期生机勃勃的美的气息，仿佛千年光阴流转于一枝一蔓、一翅一足之间。这种雕镂而成的象牙尺，虽在《唐六典》中有所记录，不过大概很少人知道，这一珍藏于日本的皇家御用品，可以重现当时中和尺的形制，并与唐代新创的中和节有关。

从此，中和节取代了晦日，而与上巳、重阳一起形成新的"三令节"，内外官员得以寻胜地、赏春花。而这种节日里任文武百官选胜追赏为乐，宰相等官员可得赐钱五百贯，翰林学士一百贯，其他多少不等，每节前五日支付。根据唐人的记载，曲江赏花多在岸边，那里有亭馆相连，供宴饮游玩之用。安史之乱以前，各司皆建有亭子，自唐明皇遇乱入蜀，曲江亭子大多毁于兵火，唯有尚书省的亭子留存，因而此后进士的牡丹宴便在这里举行。

曲江池，在唐代长安的东南角。司马相如有赋曾称"临曲江之隑洲"，指的是曲江中有一长洲。开元年间疏凿之后，这里遂为游览的胜境。它的南面有紫云楼、芙蓉苑，其向西延伸入坊，则有杏园、慈恩寺——慈恩寺里的大雁塔，是玄奘西行后，为供奉带回的大量梵文典籍和佛像舍利所造，也是译经之处。后来新科进士及第，曲江游宴罢，总要登临大雁塔题名壁上，这里便成为新科进士题名之所。寺里更有牡丹花闻名京师，唐人康骈的《剧谈录》里就记载了慈恩寺牡丹的故事：会昌年间，有朝士数人四处寻芳赏花，来到慈恩寺的浴堂院，倾酒赏玩院里的白色牡丹。众人言谈中说起牡丹之盛，多为浅红深紫，竟没有看到过殷红的牡丹花呢。院主老僧微笑着说，怎么没有，只是各位没见过罢了。这一下勾起众人神往，盘桓不去，但求一见。老僧这才表露，并要诸人发誓终身不再谈起，末了打开一门，从机关进入到一个小院子。众人只见其中有殷红牡丹一窠，婆娑几及千朵。旭日初照，露华半杯，浓姿半开，炫耀心目，朝士惊赏留恋，从清晨流连到日落方去。老僧心下忐忑，不知自己栽培近二十年的牡丹会得何如。果然，日后有权贵子弟数人来到僧院，邀老僧至曲江闲步，在曲江岸借草而坐。正谈笑间，忽然弟子跑来报告说，有几十人强行将殷红的牡丹掘走。座中人相视而笑。回到寺门口，正看见有人用大畚盛花而去。这时，少年才对老僧说："听说你院中的牡丹名贵，大家都想看你的名花，又怕你舍不得，不敢预先明说。刚才所寄放的笼子里有黄金三十两，蜀茶二斤，权作报偿吧。"显然，慈恩寺老僧的红牡丹花，早已传名开去。唐人重花赏花之殷切，由此可见一斑。

《剧谈录》中就描绘了曲江宴游赏花，多于中和节时举行的场景——"花卉环周，烟水明媚。都人游玩，盛于中和、上巳节。彩幄翠帱，匝于堤岸。鲜车健马，比肩击毂。上巳节赐宴臣僚，京兆府大陈筵席。长安、万年两县，以雄盛相较，锦绣珍玩，无所不施。百辟会于山亭，恩赐太常及教坊声乐。池中备彩舟数只，唯宰相、三使、北省官与翰林学士登焉。每岁倾动皇州，以为盛观。"曲江岸边，游人如织，花面人靥交相映衬，淡荡韶光，情不能已。在宋人的眼里，二月一日中和节，"唐人最重"。

但事实上，随着德宗的离世，朝代更迭，这一歌舞升平的中和节也很快风光不再，而由于中和、重阳两大节日赐宴被下诏停止，"三令节"也不复往日的盛况。面对二月一日是贞元"旧节"，吕温有诗就描写了这种对往昔佳节、故友良朋的追念之情："同事先皇立玉墀，中和旧节又支离。今朝各自看花处，万里遥知掩泪时。"春花深处，诗人思绪仍盘桓于旧日的繁华，那是无可奈何人散去的感叹，也包含了记忆中一个朝代的终结……

或许在远离长安的地方，某位无名朝士的心态，倒更能让人看出唐人拥有的一分自嘲与乐天：

> 曾过街西看牡丹，
> 牡丹才谢便心阑。
> 如今变作村园眼，
> 鼓子花开也喜欢。

鼓子花，就是乡间常见的喇叭花。在长安的喧嚣与繁华中，牡丹如此牵动人心，诗人曾经在倾城如狂中欣赏过它的灿若云霞，意兴阑珊只为花落凋零；而在远离权势欲望中心的地方，即便是随处可见村边野径上的鼓子花，也让人满怀喜悦——"野百合也有春天。"

对春天的热爱，这是唐人节日里的风景。

（原载《万象》2009 年第 4 期）

北邙山上的寒食扫墓

唐代牛肃在他所撰写的《纪闻》一书中讲了这么个故事:

武则天曾经赏赐给太平公主两盒价值连城的金银珠宝,公主将其藏在库中,等到一年多后取出一看,才发现盒中宝物被盗,空空如也……

堂堂公主府内竟有胆大蟊贼如此来去无踪,太平公主急忙上报母后,武则天勃然大怒,命令洛阳长史速去查办:倘若三天抓不到盗贼,唯你是问!

长史慌了,催促手下两个主事的官员:如果两天内抓不到贼,便是死罪一条!

县尉掉头呵斥下面的小吏:要是一天之中抓不到盗贼的话,那就等死吧!

满心恐惧又无比绝望的小吏计无所出,游走于京城街头,途中恰巧遇见湖州别驾苏无名,大喜过望,恭恭敬敬地将之请入县衙,禀告上司说这下可有救了!原来,苏无名擒拿盗贼非常有名,据说贼遇上他,就没有能漏网的呢。

对于县尉和长史的一路请求，苏无名倒也并不推辞。他在面见武则天时要求不能局限时间，另外两县所有捕贼人手都由他调遣，一试身手，需要几十天就好。天后同意了。

一个多月后，正逢寒食，苏无名招来所有吏卒，将其十人、五人一组，分派到城东门和北门等候，命令他们如果见到胡人十来个一起，穿着丧服，相随到北邙山的，就跟踪报告……不久，果然就有情况。再问跟踪者见到的情形，回复说那群胡人来到一个新坟前设奠，却哭而不哀，撤奠后还绕着坟冢巡察一番，相视而笑。无名听后大喜，说可找到了！他派人将胡人悉数捕来，并打开墓冢，但见棺材里面满满的，正是公主丢失的宝贝。

武则天问苏无名是如何才智过人，发现这些盗贼的踪迹呢？苏回答说，自己不过是了解贼性。当日到洛阳之时，正巧遇到这群胡人出葬，知道他们是贼，却不知道赃物被藏在哪里——

今寒节拜扫，计必出城，寻其所之，足知其墓。贼既设奠，而哭不哀，明所葬非人也。奠而哭毕，巡冢相视而笑，喜墓无损伤也。

他说，如果当初一味急着追捕，想必胡贼会取出宝物夺路而逃，正因为用了缓兵之计，他们才没有将墓中的珍宝带走。

武则天的重赏是预料中的事情。对于苏无名来说，寒食日在城外等着将盗贼一网打尽，显然也在他预料之中——寒食扫墓理应悲伤，盗宝的胡人却相视而笑，因此让他瞧出了破绽。

据学者考证，写这一故事的牛肃生于武则天神龙（705—707）前后，主要活动于唐玄宗时期。他所编撰的《纪闻》，为《新唐书·艺文志》所记载，在中国小说发展史上，《纪闻》有着重要的地位。虽然作者说书中内容是记录他本人所闻，为"纪实"之作，但从这一皇家珍宝失窃案里刻意之编排和夸张的细节，我们不难读出故事背后作者的匠心。

苏无名神乎其技的捕贼术，是作者基于唐人寒食出城扫墓习俗而安排的桥段。

文中提到的北邙山，为秦岭的一部分，苍苍茫茫，横亘于洛阳城北，为历代陵墓所在地。初唐诗人沈佺期的《北邙山》有云："北邙山上列坟茔，万古千秋对洛城。城中日夕歌钟起，山上惟闻松柏声。"唐人出洛阳城，在北邙山上累累高坟前上演生死离别，而寒食之际的上墓拜扫，是最有特色的一幕。

"寒食上墓"一词，在唐代官方文书中，最早见于唐高宗龙朔二年（662）四月十五日的诏敕："如闻父母初亡，临丧嫁娶，积习日久，遂以为常；亦有送葬之时，共为欢饮，递相酬劝，酣醉始归；或寒食上墓，复为欢乐，坐对松槚，曾无戚容，既玷风猷，并宜禁断。仍令州县捉搦，勿使更然。"在这一诏敕中，朝廷明令禁止的行为有：父母刚刚过世，不遵礼守孝，仍举办婚嫁之事；送葬的时候，彼此嬉笑欢饮，喝得酩酊大醉；此外，寒食上墓拜扫的时候，满怀欢乐，毫无悲容——这些举止都应禁断，并且诏敕还要求地方州县对不合规范者加以惩罚，以避免再犯。

而到了开元二十年（732）四月二十四日，玄宗下诏曰：

寒食上墓，礼经无文，近世相传，浸以成俗，士庶有不合庙享，何以用展哀思？宜许上墓，用拜扫礼，于茔南门外奠祭，撤馔讫，泣辞，食余于他所，不得作乐，仍编入常式。

这段文字，则非常清晰地说明了唐代寒食上墓习俗兴起的缘由与官方对寒食拜扫应有礼仪之规定。

所谓"礼经无文"，指的是寒食上墓习俗不见于前代礼经，"近世相传，浸以成俗"则说明了这一节俗是在发展中逐渐传播开来，成为一种新兴的风俗。释道世所撰《法苑珠林》中，"王甲"条下有云："隋大业中，洛人有姓王者……寒食日持酒食祭墓。"这与玄宗所谓"近世相传"相吻合，或许可以推测寒食上墓这一习俗，早在唐前已经存在。不过，将寒食扫墓的礼仪给出官方的规定，并写入法令，则是唐玄宗的创举。

唐玄宗说："士庶有不合庙享，何以用展哀思？"道出了寒食上墓之所以为统治者所接纳，是为了舒畅人情，以展孝思。而施行的对象，诏敕明确指出为士庶。为什么士庶会成为寒食上墓习俗特别指明的对象呢？笔者以为这与唐代的庙寝制度是有关的。所谓庙寝，东汉经学大师郑玄注《礼记·月令》说："凡庙，前曰庙，后曰寝。"唐代儒学家孔颖达解释：庙是接神之处，其处尊，故在前，寝，衣冠所藏之处，对庙为卑，故在后。作为祭祀祖先的场所，天子的称陵庙，而官人依据制度所建立的称为家庙。《唐六典》这一行政法典规定，凡是官爵在二品以上的可以有家庙四座，五品的三座家庙，而六品以下至于普通百姓，就没有可以祭祀的家庙，这是根据开元七年（719）令所定的。而开元十二年（724），关于家庙的规定有了变动：一品、二品官员有四庙，三品有三庙，五品有二庙，嫡士一庙，而普通庶人仍然只能祭于寝（《新唐书·礼乐志》）。从这两条关于家庙制度的规定，我们可以看出，由于等级的区分，士和庶人曾经存在不能庙祭祖先的情况，这正如玄宗的诏敕中所云"士庶有不合庙享"。于是，在维护礼制的前提下，玄宗将寒食上墓作为弥补人情的方法，使得士庶阶层对祖先的祭祀心理得到满足，同时，他将这一"浸以成俗"的民俗行为通过"拜扫礼"，将其纳入传统礼经的范围，使节日习俗合礼化。

在开元二十年（722）九月下令颁行《大唐开元礼》之后，北邙山的寒食拜扫，应该是这样的仪式：寒食前一天，墓地的管理人员即在墓地南面的百步道上，准备好修剪草木的工具，另有赞礼者为第二天来扫墓的主人及来者准备位次。寒食当日，扫墓的主人到了之后，改穿公服以示尊敬，如果没有官职的则穿常服。赞礼者唱："拜两拜——"，主人以下都拜两次。接着扫墓者被引导到茔南门内，环绕三周，以示哀悼。坟茔外如果有荆棘蔓延与荒草相连，须随手剪去，不能用火烧。这些事务完成以后，赞礼者将引导主人和来宾回到茔门外的位置，再次拜两拜。

这是开元礼中寒食拜扫礼的仪式。此外，玄宗的诏敕还特别强调，茔南门外的奠祭结束后，将供奉的奠品撤下，扫墓者去别处饮食，不得作乐。

这么看来，苏无名破案故事里的胡人，还真是遵循了设奠巡冢的寒食拜扫礼要求。他们奠扫后的那番相视一笑，《纪闻》的作者借苏无名之口，将其解释为墓中无人、珠宝无损而笑，这与扫墓时悲伤难抑的人情常理相违，因而将其作为胡人行为的破绽和主角断案的依据。

但可以一问的是，唐人寒食扫墓时，都有那么悲戚吗？

从上文所引用的诏敕来看，需要禁断的，恰恰是士庶寒食扫墓时多有欢乐的景况。而在唐人的来往书信中，我们也可以读到寒食扫墓之际人们的情感。敦煌文书《新集书仪》（伯三六九一）中即录有《寒食相迎屈上坟书》：

景色新花，春阳满路；节名寒食，冷饭三晨。为古人之绝烟，除盛夏之炎障。空携渌酒，野外散烦。愿届同缘先灵，已假寂寞。不宣，谨状。

而答书作：

> 喜逢佳节，得遇芳春；路听莺啼，花开似锦。林间百鸟，哢弄新声；渌水游鱼，耀鳞腾窜。千般景媚，万种芳菲；蕊展红娇，百花竞发。欲拟游赏，独步牺（奚？）之。忽奉来书，喜当难述；更不推延，寻当面睹。不宣，谨状。

寒食相迎书，指的是寒食节日一方相邀的书信。据其文字，所谓"愿屈同缘先灵，已假寂寞"指的是邀请另一方同去上坟祭奠，以解除自己独游的寂寞，而答书中对于春景烂漫的一段描写，真是表达出了"喜逢佳节"的所见，信中充满了对明媚春景和携友出行的期待：他们带着美酒，相邀游赏，去野外散烦。"忽奉来书，喜当难述"，可以想象寒食扫墓之际，面对郊外春色，唐人心情的愉悦。《开元礼》所规范的时间是盛唐，这里的书仪写作年代为晚唐，从信中"欲拟游赏"可知寒食上坟的重要内容即是游乐，由此可见开元二十年编入常式的所谓"不得作乐"，大概在民间一直未得到实际的推行。对逝去亲人追念的悲伤，与人世间春光无限所带来的喜乐，交织在唐人寒食扫墓的心中。

所以，在牛肃编撰的这个破案故事里，如果在游春扫墓的人群中，有人并没有悲怆满面，甚至相视一笑，也相当可能，不是吗？

更有意思的是这故事里的盗宝者胡人。根据荣新江教授等人的研究，唐代的胡人多为伊朗系统，既指波斯人，也指粟特人。现有的考古发掘，如北周时安伽、史君、康业等粟特人的墓葬显示，他们改变了原有火葬等习俗，而采取了以汉人坐具围屏石榻等为葬具的形式，体现了中西文化的交融。而在唐代笔记小说中，与珠宝相关的"胡人"，则更多涉及波斯商贾，出现了不少胡商识宝、买宝的故事。曾有学者提到：《太平广记》中"李灌传奇"讲到波斯商人死后，亦如汉人一样"买棺葬之，植木志墓"，还有"李勉传奇"中波斯商胡的儿子，也是发其父的墓，才取走那件传国宝珠的，这说明那些波斯商胡死后，都已经按照汉式，以棺椁埋入墓中。不过，若仔细推敲这两个传奇故事，会发现原文其实说的都是孤身一人的波斯商死后，由汉人来埋葬他、料理其身后事的，因此采用汉式墓葬自然在情理之中。换而言之，这两个传奇故事并没有说明波斯商人主动选择采用了汉人的墓葬方式。倒是在牛肃的《纪闻》中，这个胡商盗宝故事里的苏无名说："今寒食拜扫，计必出城。"一个"必"字，可以推断得知寒食出城扫墓对于当时的胡人来说，是必然会遵循的习俗。虽然故事是牛肃写的，不过故事发生的背景一定是作者所处的社会现实，倒可以佐证当时民众对于寒食扫墓习俗的接受程度，这其中也包含了外来的胡人。

在小说与史实之间，这种若隐若现的关联，也大概是我们解读这个北邙山上寒食扫墓所破解的皇家珠宝被盗故事最有趣的部分吧。

（原载"澎湃新闻·私家历史"2017 年 4 月 3 日）

唐时明月

7月去新疆，主要目的地在喀纳斯。从乌鲁木齐一路往北，是军垦农田里金黄成片的向日葵，戈壁中远远掠过蒲公英模样的风车，目力所及，阿勒泰草原的绿色中，点缀着白蘑菇般的蒙古包，以及撒落的星星点点褐色花色的牛群马匹。接下来，鲜花遍野的禾木到了。

景色留人，以致离开时已是平常晚上9点多，下山还要两三个钟头。尽管西北边陲日落得很晚，但看着天光渐渐暗沉下去，车在盘山道上来回曲折，夜行山路的担心不免随之跌宕起伏，让人只敢抬头往上看——月已赴东山，在一片宁静的林影中被衬得分外洁白；另一侧天边留着返照的暗淡余晖，映出晚霞如滩草如层峦如千帆，是"暮云补出一重山"的水墨意味；而连接这月光暮色的，夜空中央北斗七星正熠熠生辉——不觉之中，风凉如水，行李箱的轮子滑过贾登峪静寂无人的子夜，我想这是我所见过的最美的月色，连害怕都忘记了，心头浮起的是那曲《水调歌头》：

明月几时有？把酒问青天。不知天上宫阙，今夕是何年？我欲乘风归去，又恐琼楼玉宇，高处不胜寒，起舞弄清影，何似在人间。

月明如斯，杯酒起舞，在现实与虚幻的迷离之间，在人间与仙境的往复中，苏东坡这首中秋词曾道出世人的多少感怀和迷惑，凄清的意境正适合歌者那飘忽的音色，也正契合这北疆山林里寂静的月空。

或许，苏轼也是在这样的山林月色下，吟出那首千古绝唱？

台北故宫博物院所藏，有一幅《举杯玩月图》，传为宋人马远所作，似乎恰是苏氏此词此景的写照。画中于山石平台之上，绘有一人持杯而坐，举头相望，如作吟哦，右上方以两弧勾勒出一轮淡月，正是画名"举杯玩月"之意。人物身后立一捧瓯小童，林间一鹤探步而出。在浓墨劈就的山峰与细致勾勒的平台人物之间，林影绰绰，仿佛夜雾飘荡，使画面虚实相间，景深幽远。从画中枯枝横生、空寂无花的景象来看，《举杯玩月图》所描绘的当为秋季。

秋季为赏月的最佳时节，这一点唐人欧阳詹早有说法：

月可玩。玩月，古也。谢赋、鲍诗、朓之庭前，亮之楼中，皆玩月也。……月之为玩，冬则繁霜大寒，夏则蒸云大热，云蔽月，霜侵人，蔽与侵，俱害乎玩。秋

之于时，后夏先冬；八月于秋，季始孟终；十五于夜，
又月之中。稽于天道，则寒暑均，取于月数，则蟾兔
圆。况埃壒不流，大空悠悠，婵娟裴回，桂华上浮。升
东林，入西楼，肌骨与之疏凉，神气与之清冷。四君子
悦而相谓曰：斯古人所以为玩也。既得古人所玩之意，
宜袭古人所玩之事，作玩月诗云。

此处的谢赋，指的是谢庄的《月赋》；鲍诗，是鲍照所作
《玩月城西门廨中》，二人均是南朝著名文学家，欧阳詹借
此说明对月赏玩，由来已久。玩月本不限于八月十五，但
仲秋此时寒热宜人，天高气爽，澄空望月，自是怡人，沿
袭古人的玩月故事再适宜不过了。贞元十二年（796）的
八月十五夜，旅居长安的欧阳詹与他的乡人探访朋友，在
朋友所寓永崇里华阳观，写下了这段玩月诗序。华阳观本
是代宗之女华阳公主的旧宅，改作道观之后，来京游子寓
居于此——曾经的皇家气派，被道观的清风明月所取代，
思古之幽情，或许更添上了一分赏兴。

所谓"古人所玩之事"，其实也就是"作玩月诗"。
检点现存唐人诗作，譬如《全唐诗》中，关于中秋或八
月十五赏月的诗篇，以中秋或八月十五为题的，就有
一百三十余首，可见八月十五玩月作诗在唐时颇为流行。
从唐人诗歌来看，中秋赏月主要为了吟诗抒情，可以说多
限于文人的风尚趣味。在《开元天宝遗事》中就提及，唐
玄宗时候，某八月十五日夜，在宫禁中值宿的文士们备好

了文酒之宴，准备玩月。当时长天无云，月色如昼，执掌朝廷文诰的苏颋就说了："清光可爱，何用灯烛？"遂使人撤去。以天为幕，以月为明，毫端洒落的，还真是"大手笔"的气魄和唐人的一派天真。

有意思的是，这种诗宴到宋代，更多地为民众八月十五的节日宴玩所取代。孟元老《东京梦华录》称北宋时的汴京："中秋夜，贵家结饰台榭，民间争占酒楼玩月。丝篁鼎沸，近内庭居民，夜深遥闻笙竽之声，宛若云外。"丝竹声声，宫禁民间同享此乐。而吴自牧《梦粱录》中描述南宋临安城里的中秋节，所谓"王孙公子，富家巨室，莫不登危楼，临轩玩月，或开广榭，玳筵罗列，琴瑟铿锵，酌酒高歌，以卜竟夕之欢"。小康人家，也登临小小站台，安排家宴，团圆子女，以酬佳节。即使是陋巷箪瓢之人，为了尽一夕之欢，甚至不惜典衣买酒，以免辜负良辰佳节！"此夜天街卖买，直至五鼓，玩月游人，婆娑于市，至晓不绝。"其繁华景象恍在眼前，如闻耳边：天街五鼓已过，晨曦初现，玩月的游人意犹未尽，可以想见中秋夜里摩肩接踵的热闹情形。而处处登高赏月，开宴嬉戏，这种中秋之夜的游乐，与唐人记载里的诗酒相邀有了很大不同，更多呈现出了节日狂欢的氛围。

映射到诗歌作品中，也是一样。事实上，月景很早就进入了中国文学创作的视野，《诗经》中有《陈风·月出》："月出皎兮，佼人僚兮。"《古诗十九首》中亦有《明月皎夜光》。在魏晋南北朝时期的诗文中，明月是一个普遍的题材——以三曹为例，"明明如月，何时可掇？忧从中来，不可断绝"，这是一代枭雄曹操面对明月生发的忧思。其子曹植所作《七哀诗》中亦有"明月照高楼，流光正徘徊。上有愁思妇，悲叹有余哀"的句子。这种对月生悲的情愫，在魏文帝曹丕的《杂诗》中表现得尤为明显，所谓"俯视清水波，仰看明月光。天汉回西流，三五正纵横。草虫鸣何悲，孤雁独南翔。郁郁多悲思，绵绵思故乡"，抒写的正是秋天月夜的孤独。这些描写明月的作品有一个共同的特点，那就是整个意境的清冷甚至悲凉。在唐人所作的中秋诗中，前代的清冷之境得到了进一步的发挥，那种澄明虚空的月色流光、思妇闺怨、孤客乡愁融为一体，成为中秋诗的主要内容，即便是与人同赏，也写得很平和，如"愿以清光末，年年许从游""朱槛叨陪赏，尤宜清漏长"之类。即使是歌弦管乐，在唐代诗人的笔下依然不脱思怨之音：

此夕来奔月，何时去上天。云鬟方自照，玉腕更呈鲜。燕婉人间意，飘飖物外缘。诗裁明月扇，歌索想夫怜。暗染苟香久，长随楚梦偏。会当来彩凤，仿佛逐神仙。

明明是中秋夜听歌联句，读来却带几分出尘离俗之意。而同样是中秋赏月，在宋代诗作中，除了传统的意境之外，出现了描写热闹欢宴的诗句，譬如梅尧臣有诗曰：

主人待月敞南楼，淮雨西来斗变秋。自有婵娟待宾客，不须迢递望刀头。池鱼暗听歌声跃，莲蒂明传酒令优。更爱西园旧词客，共将诗兴压曹刘。

听到急促的酒令和欢快的歌声笑语，池底的游鱼也忍不住跃上水面，好一幅中秋夜宴图！范仲淹中秋诗中云："处处楼台竞歌宴，的能爱月几人同？"苏东坡的《水调歌头》亦是"欢饮达旦，大醉"后所作……我们从中不难想象那些笙歌艳曲、觥筹交错的场面，这种况味与唐代中秋诗中的清冷颇有分别。悲凉与嬉笑、孤独与喧嚣，似乎与唐宋文化各自的特质不相吻合，这一同题诗展现出来的，或许正是中秋前后变化的差异。

中秋的由来，南宋时人已发出了这样的感叹，嘉定年间刘学箕说："中秋玩月，古今所同者也。虽古今所同，然故实所始，骚人雅士不多见于载籍，后世未尝无遗恨焉。"言下之意，中秋玩月的习俗，连南宋时人也不知其源流所自。唐代的诸多史料譬如类书、律令等，不见中秋作为一个独立的节日而存在（在《唐六典》中有官员放假规定，包含的是玄宗八月五日诞节而非中秋，日本学者池田温有考）。敦煌保存了不少唐代书仪，对于亲友节日往来书信的格式予以规范，其中亦不见中秋的痕迹。而在唐人八月十五玩月诗中，七十多位作者主要生活年代在中唐及以后。既然玩月是古已有之，为什么中秋之月没有被此前的唐代诗人所特别关注呢？这一现象，清人也提出了

疑问："中秋玩月不知起何时，考古人赋诗，则始于杜子美……然则玩月盛于中秋，其在开元以后乎？"（卜陈彝《握兰轩随笔》）

有唐一代，唐明皇最富传奇色彩：忆昔开元全盛世，绚烂华美如金银器上绽放的牡丹；七月七日长生殿里的爱情故事戛然而止，多少余韵至今不绝。《开元天宝遗事》提及，玄宗八月十五的夜晚曾与贵妃在太液池边，凭栏望月不尽，玄宗意有不快，遂敕令左右："于池西岸别筑百尺高台，与吾妃子来年望月。"后经禄山之兵，望月台不复置焉，唯有基址而已……读来令人感想，其后的中秋夜，月明仍旧，谁人与赏？

而记载神怪小说的《太平广记》，收录了一则玄宗八月十五游月宫的故事。这一传说，见于多处史籍，王重民在对敦煌本《叶净能诗》的校记中指出，叶净能与唐明皇游月宫是流传最广的故事之一，不过在唐代已有多种版本，陪同玄宗游月宫的有说申天师，有说罗公远的，最后归于叶净能一人。其故事内容大致相同，不过敦煌本《叶净能诗》应当是目前所见最完整的记载。这故事说的是：

八月十五日夜，皇帝与叶净能以及随驾侍从，在高处玩月。对着一轮明月，玄宗问叶净能月中之事，叶净能回答，口说无凭，与陛下一起到月宫游看可好？玄宗好奇怎么去，净能表示与其同行可畅行无碍，玄宗大悦龙颜。此外，他还告知玄宗月宫不比凡间，侍从不可带去，又因其中水晶楼殿寒气逼人，需着白锦绵衣，玄宗一一遵从。于是净能作法，二人须臾便到了月宫之内。只见其中楼殿台阁，与世不同，门窗户牖，皆用水晶琉璃玛瑙做成。又见数个美人，身着极其轻妙的天衣，手中擎着水晶盘，而盘中器物也尽是水晶七宝合成。净能引皇帝直到娑罗树边看树高不可测，枝条覆盖三千世界，叶如白银，花如云色。玄宗在树下漫步徐行，踌躇暂立，只觉冷气凌人，雪凝伤骨，便欲归去。即便净能劝他仙界难来，不用匆匆，且从容玩月观看，玄宗也忍寒不得，须臾不可待。净能哂然，于是作法，转瞬二人回到长安。

从下文玄宗称其天师，并请求"示朕道法"以及群臣贺曰"若道教通神，符箓绝妙，天下无过叶天师"来看，这则游月传说与道教有着密切的联系。有学者指出，从其文中"玄宗"的称呼推断，游月宫故事当产生于 763 年庙号"玄宗"产生后不久即代宗时期。它在中唐时已流传广泛，正是这一时期玩月诗兴起的故事背景。应当说，玄宗朝之后开始出现较多的中秋玩月诗，受到了此类神仙传说的影响，它与玄宗时道教之盛有关。在不少八月十五的诗文中，道观甚至作为赏月的场所，被直接提及，如白居易诗云："人道中秋明月好，欲邀同赏意如何。华阳洞里秋坛上，今夜清光此处多。"而前文所引的欧阳詹那篇玩月序，也是作于长安永崇里的华阳观。

其实，八月十五是道教的一个特殊纪念日，传说中，许逊于晋宁康二年（374）的八月十五在洪州西山（今江西南昌附近）举家飞升，"鸡犬悉去"。许逊是道教中净明道派所尊奉的祖师，在《道藏》中收录了不少这位许真君的传，多数出于宋元，唯有《孝道吴许二真君传》为唐代传记，其中的一段文字揭示了这一传记的写作时间，以及洪州西山当时的八月十五情形——

从晋元康二年真君举家飞升之后，至唐元和十四年约五百六十二年，递代相承，四乡百姓聚会于观，设黄箓大斋，邀请道流，三日三夜升坛进表，上达玄元，作礼焚香，克意诚请存亡获福方休暇焉。

由此可知，西山此处，作为许逊升天之地，受到了四乡百姓的膜拜，晋以后数百年间，每至中秋前后，他们升坛进表、焚香祈福，进行道教活动，可达三天三夜。而在唐代裴铏所著《传奇》中有一篇《文箫》，描述的也是这一地点中秋时的民众信仰，只不过，时间指的是文宗大和年间。因为钟陵西山的游帷观是许逊升天的地方，每年到了中秋他飞升的纪念日，吴、越、楚、蜀各地的人们，不远千里携带名香、珍果、绘绣、金钱而来，在此设斋醮，求福佑。彼时钟陵人有数万之多，车马士女熙熙攘攘，几十里内有如市集。而其间豪杰请来有名的歌女，到了夜晚男女连臂踏歌，彼此对答，曲调清丽，而歌词香艳，机敏者才能取胜，俨然一场中秋赛歌会的情形。从元和十四年（819）到大和末年（835），才不过十余载而已，在西山八月十五信教众徒们求符设醮的虔诚祷告中，伴随着袅袅青烟,已飘起那些连臂踏歌的女子清越而撩人的歌声,拨动男男女女的心弦,在中秋的月光下仿佛别具往来凡间与仙境的魅力。

这种道教传说中对于升天的信仰与追随,不仅是对长生不老愿望的一种寄托,也凝聚了人们之于月宫仙境的想象。在现存唐代的青铜镜中,月宫镜数量颇多,其主要刻画的便是月宫中的情景。关于月中兔所从何来,唐代三藏法师玄奘在他的《大唐西域记》里倒提过这样一种说法。当他取经来到恒河边的婆罗疟斯国,看到了烈士池边有个三兽窣堵波(也就是塔的意思),据云这是如来修菩萨行时烧身之处。传说当初这片林野中有狐、兔和猿,彼此相安。天帝为了验修菩萨行,于是化身为一个老者,对三个动物说听闻它们彼此情深,所以远道而来,想要求些吃食。三个动物分别竭力寻找,狐从水边衔来一尾鲤鱼,猿从树上摘下各种花果,只有兔子空手而还。老者说这样看来三者并非同心啊。兔子听到这番话,对狐、猿说你们找些木柴来,我有办法。当柴火被点燃的时候,烈焰熊熊,兔子说,我无能,仁者啊,就以我的身体,来作为你的食物吧,言毕入火,寻即致死。这时老者恢复天帝本相,从火烬中收取兔子的遗骸,感伤很久,为了纪念它,就将其放入月中,传乎后世。当地的人们相信从那以后就有了月中的兔子。这一月宫兔影的由来,在《六度集经》等多处佛教经典中都能见到。唐代道世所撰的《法苑珠林》中也收录了这一说法,他还解释说,为什么月宫中有各种影子显现呢？是大洲中有阎浮树，其树高大，影现月轮；大海中有龟鳖等，亦影现月轮，所以月亮看上去里面有黑影。在现存唐代的月宫镜上，我们正可以看见树影婆娑，龟、兔等物，汇聚一起，成为月宫仙境的代表。

佛教本生故事也好，道教神仙传说也罢，随着民间中秋夜晚歌舞娱乐的展开，中秋赏月被普通民众所接受，其后逐渐衍生出家人团聚的含义，也就不难想象南宋时中秋被定为法定节日，官员亦放假一天。大都市中还早已出现相关的中秋食品——五代宋初时的汴京，闾阖门外大街上有家食肆，人称张手美家，水产陆贩，随需而供，每至节日则专卖一物，名满京城，所谓元日卖的是元阳脔，上元卖的是称作油画明珠的油饭……至于中秋，则有玩月羹。虽然不知这张手美家的玩月羹是什么滋味，不过现在人们每每引用东坡的那句诗，来形容家家品尝的中秋月饼——"小饼如嚼月，中有酥和饴。"这种形如桃酥的小饼带着一千多年前的尘土，完整地躺在新疆维吾尔自治区博物馆的展柜里，柔和的灯光洒下，照见那行说明：唐代的月饼！真的吗？也许，吐鲁番的热风，交河故城的黄土，可以为它做证，明月边关，是那位胡姬当垆，玉腕所制。如果时间可以穿越，我想去那个世纪的中秋，对清风明月，听吟诗踏歌，再来一碗玩月羹，我想，那一定是温热的，它驱散月下清冷的迷思，带回人间凡俗的暖意……

（原载《万象》2010 年第 11 期）

长安古意

　　"百千家似围棋局，十二街如种菜畦。"这是白居易俯瞰长安远景的名句。而在诗人卢照邻的笔下——"长安大道连狭斜，青牛白马七香车"，从通衢大道开始，而终于飞来飞去袭人衣裾的南山桂花，《长安古意》细致入微，似手卷徐徐铺展，读来别有一番风味。在诗人笔下，长安城犹如一位衣锦日行的少年，画阁楼前的莺燕，主第侯家的豪气干云，都曾经让他流连不去；而在其历尽了人生况味之后，与之相伴终老的，只有寂寥居处的一床诗书而已。

　　卢照邻是初唐人。此时的长安，在隋大兴城的基础上已逐渐展露丰颜，如日初升，光耀随后。但在周遭繁华云开之际，诗人抒写的却是历史日薄西山的苍凉与人生无法言明的宿命。他穿梭于人与城、时间与空间、盛开与落寞的交织转变之中，种种线索的融合，使得《古意》映照出诗人明灭不定的一脉思绪。

　　他在长安城看到了什么？昆明池上的烟波想必是卢照邻眼中曾经的风景。

汉武帝时穿凿引流的这一大湖泊，位于长安城西，有渔蒲之利，有风光之美。或许正源于此，安乐公主就曾经恃宠，向父亲唐中宗奏请昆明池以为汤沐。据史料记载，中宗没有同意，回复说："自前代已来，不以与人。"于是，这位天之骄女大役人徒，竟在长安城西南郊外，另外兴造一池，名为定昆，"定，言可抗订之也"，俨然与昆明池一分高下的意思。

安乐公主是中宗与韦后最小的女儿，因出生于远赴房州的路上以布包裹，而得名李裹儿。据说她姿质聪慧，貌美如花，格外得到父皇母后的宠爱。唐代笔记有云，中宗景龙年间"妃主家竞为奢侈，驸马杨慎交、武崇训，至油洒地以筑球场"（《隋唐嘉话》）。武崇训为武三思之子，正是安乐公主的第一任夫婿。如果说为了马球场上驰骋往来如电，泼油洒地已属奢侈之举，那么安乐公主兴造定昆池，则绝对是当时无人企及的大手笔——《景龙文馆记》记载，安乐公主的西庄在京城西延平门外二十里，直抵南山，"司农卿赵履温种植、将作大匠杨务廉引流凿沼，延袤十数里，时号定昆池"。由司农、将作二臣亲自监督花木种植和流水景观的设计施工，不难想见安乐公主的皇家园林之水准！据史料记载，司农卿赵履温在设计上以石相累，山石形貌毕肖华山，而其间峰回路折，曲径通幽，有飞阁步檐，斜桥磴道，并以锦绣装饰，描画丹青，点缀珠玉，不一而足。他还设计了九曲流杯池，作石莲花台，清泉汩汩从台中流出，穷天下之秀美……唐人有诗赞曰：

"刻凤蟠螭凌桂邸，穿池叠石写蓬壶"，"掩映雕窗交极浦，参差绣户绕回塘"，皆是对于这一豪宅风光的真实写照。

709 年仲秋，中宗游安乐公主西庄，幸定昆池，随从的十余位侍臣均有赋诗，中宗亲自作序。这些侍臣，大多为修文馆学士。据《新唐书》记载，景龙二年（708）四月，修文馆增设，计有大学士四员，学士八员，直学士十二员，以象征四时、八节和十二月，凡天子有所游宴聚会，只有宰相和学士能得以相随。譬如春天聚于梨园，并在渭水边祓除，中宗赐给学士们细柳圈以驱除疠气；夏天宴于葡萄园，赐樱桃；秋天登慈恩寺塔，学士们献菊花酒称寿；冬天众人随驾上骊山，赐浴汤池……中宗每有所感即赋诗，学士们也都应制相和。《景龙文馆记》里，就描绘了春花秋月之间，君臣游宴赏玩、笔墨酬唱，好一派相乐无间的画面。这其中作为四大学士之一的宗楚客，即在定昆池畔写下了这首《奉和幸安乐公主山庄应制》：

> 玉楼银榜枕严城，翠盖红旂列禁营。
> 日映层岩图画色，风摇杂树管弦声。
> 水边重阁含飞动，云里孤峰类削成。
> 幸睹八龙游阆苑，无劳万里访蓬瀛。

侍驾随游的荣幸，让眼前登峰造极的山池美景增添了更加耀目的光辉，诗中对于安乐公主山庄的赞美，显然出自宗楚客的歆羡，更何况，他本人的居所就极其精致华美呢。

唐代张鷟所撰笔记《朝野佥载》中说:"宗楚客造一新宅成,皆是文柏为梁,沉香和红粉以泥壁,开门则香气蓬勃。磨文石为阶砌及地,着吉莫靴者,行则仰仆。"看来,宗楚客的宅子花费了不少心血,不仅以花纹美丽的柏木作为房梁,更在粉墙的材料中加入沉香木屑,推门而入,只觉满室馨香扑面。而更有甚者,是将各色花纹的石料打磨后用来砌地面和台阶,光滑无比,以致穿着"吉莫靴"的人走在上面便会前仰后合。仅仅一座官员私宅,竟能惹得权倾一时的太平公主感叹:"看他的起居住处,我们真是白活了!"可以想象其中的精美奢华。不过,也正因为这违规的住宅及其背后追出的巨额赃款,宗楚客兄弟曾被流放南方。但在中宗时期,他被召回朝堂,才能有这些伴驾同游的诗作存世。

宗楚客另外还作有一首《侍宴安乐公主新宅应制》,应该指的是安乐公主在武三思父子被杀后,二嫁武延秀,从原来武三思父子的旧居搬入金城坊的新宅。传记里说这处宅落"穷极壮丽,帑藏为之空竭",花费不计其数。再联系城外西庄定昆池的开凿也都是公主以"自家财"完成,可见安乐资产之雄厚。她这些看似取之无竭、用之不尽的金银珍宝,与朝廷卖官鬻爵的风气大有关系。曾在武周时期任监察御史的张鷟,就这样总结形容过当时的官场现象:

选司考练,总是假手冒名,势家嘱请。手不把笔,即送东司；眼不识文，被举南馆。正员不足，权补试、摄、检校之官。贿货纵横，赃污狼藉。流外行署，钱多即留。或帖司助曹，或员外行案。更有挽郎、辇脚、营田、当屯，无尺寸功夫，并优与处分。皆不事学问，唯求财贿。

目不识丁也没关系，只要纳财，"钱多即留"！考试时有冒名顶替的枪手，更重要的是背后有"势家嘱请"，说的就是受人钱财，与人方便，权力与金钱的交易比比皆在，学识、才能，不过是个幌子，有没有都不打紧。这里提到的势家，正如史传里的安乐公主，"侯王柄臣多出其门"，指的是她利用父皇的宠爱，直接干涉朝廷臣相的人选。有例子说安乐常常自己拟了诏书，却将前面具体内容的部分遮去，直接让中宗签"可"，不明就里的中宗居然也大笔一挥，笑着从了！这也就难怪当她曾提出要皇太女的封号时，臣子魏元忠上谏说不行，安乐公主满脸不屑："元忠不过是个山东木强，怎么够格讨论国事！"木强的意思是嘲笑他榆木脑袋，不开化吧。她还搬出祖母武则天来，说："阿武子尚为天子，天子女有不可乎？"根正苗红的皇家公主，有何不可！值得特别说明的是，她与太平等七位公主也都同太子诸王一样开府，下设官属。而安乐府的官员尤其泛滥，都是些猥琐不堪的贩夫屠户交了大笔钱财，买个官儿做做！这种私下授予的官职，不同于中书省黄纸朱笔敕封的，因为以墨敕斜封授之，所以人称斜封官。如此这般，别说"一个破荷叶，一根枯草根子，都是值钱的"，那些让人无比羡慕的山光水色、画栋雕梁，其花费的"库钱百万亿"巨额财产来路也就明了了……

不是没有人对安乐的行径指摘批评。还在相随中宗游览定昆池时，一众学士捧心赞美只怕来不及，而黄门侍郎李日知却写诗曰："但愿暂思居者逸，无使时传作者劳。"言语之中，直指安乐公主大兴土木，劳人伤财的罪过。面对如日中天的公主，这番勇气真有惊人之处！等到日后睿宗登位，他都忍不住说："朕当时亦不敢言，非卿忠正，何能如此！"于是拜李日知为侍中。所谓无欲则刚，李日知的耿直激切，大概也正来自于他对身外之物的淡泊心境吧。甚至在他被提拔为侍中一职后，就频频上书乞求告老还乡，睿宗不得已准了。回到曲江池边的家中，他开始打点行装，打算搬离居处，这让事先完全不知情的夫人大吃一惊："家室屡空，子弟名宦未立，何为辞职也？"看来，为官一日，就有为子孙牟福利、为家庭聚敛财富的重担在身，古往今来，这是多少人的共识……李日知回答说："书生至此已过分，人情无厌，若恣其心，是无止足也。"警惕不断膨胀的欲望，主动请辞，搬离居所，来打消人心不知餍足的可能性，书生本色的李日知难怪会对安乐公主的豪华山庄看不下去。

当然，朝廷之中有勇气和想法的，不止他一人。景龙年间任左拾遗的辛替否，看到安乐公主弃故宅，筑新第，奢侈过度，另外还占民居、大建安乐佛寺，以致公私府库空虚，于是上书中宗，以情动之。他指出中宗对安乐公主"选贤嫁之、设官辅之、倾府库以赐之、壮第观以居之、广池籞以嬉之"，如此种种，本出于爱女之心，却造成国家财富的大量耗费、政治机制的不断腐蚀，以及最终人心的背离，并担心长此以往的后果，"臣闻君以人为本，本固则邦宁，邦宁则陛下夫妇母子长相保也"。可惜，中宗没有采纳辛替否以人为本的谏言，安乐寺的兴建依旧大张旗鼓地进行。此后中宗一夜暴卒，继以韦后、安乐公主一干政治人马的粉身碎骨，好像都印证了辛拾遗的进谏。或许这一幕历史惨剧让人印象太过于深刻，甚至于在中宗的兄弟睿宗即位后，想为自己入道的女儿金仙、玉真二公主营建道观时，辛替否仍不忘搬出前朝安乐公主的例子，来加以劝诫："往者和帝之怜悖逆也，宗晋卿劝为第宅，赵履温劝为园亭，工徒未息，义兵交驰，亭不得游，宅不得息，信邪僻之说，成骨肉之刑，陛下所见也。"言中之意，指睿宗不可重蹈往日覆辙。

和帝即为中宗，这里所说的"悖逆"，指的就是政变后被贬为"悖逆庶人"的安乐公主。在近年出土的《大唐故勃逆宫人志文并序》中，安乐就被描述为："禀性骄纵，立志矜奢。倾国府之资财，为第宇之雕饰。"她与母亲韦氏在政治变争中被斩首悬于竹竿上，据说应验了之前兴建安乐寺时民间流传的童谣"可怜安乐寺，了了树头悬"。到底这是未卜先知的一语成谶呢，还是亲痛仇快者事后杜撰出来的历史训诫，我们不得而知。而曾经写诗赞美过定昆池风光的宗楚客，还有其兄弟宗晋卿（据说他对于宫苑亭台无不精通，中宗曾命他督造安乐公主的住宅），二人因为牵连韦氏一族关系太深，一道被杀。还有那个为安乐公主营建定昆池不遗余力的赵履温，他曾经斜襄紫袍，亲自为公主背拉金辇车以献谄媚，也因卷入了这场政治集团间的斗争被下令斩杀，"人割一脔，骨肉俱尽"！而安乐府中蝇营狗苟的一众斜封官儿们，当年即被睿宗免去官职……至于那座夺取百姓庄田兴建而成的定昆池，在被配入司农寺之后，每日士女游观，车马填噎，成为公共园林，直到睿宗下令说随意到访者，是官人将去现职，是老百姓的话痛打一顿，纷纷扰扰的景象才得以结束——可以想象，这片媲美昆明池景致的山林水泽波光依旧，而围绕着它兴建时的种种风光传闻，以及短短二三年间人事全非的沧桑巨变，给长安城的居民们带来多少谈资和感慨！

在人与物之间，在精美的亭楼池苑与繁华似锦的功名利禄之间，孰是孰非，何者更为长久？安乐公主不曾明白的道理，倒是郭子仪（697—781）看得通透。据史料记载，这位唐朝名臣的住宅位于长安城的亲仁里，其面积之大，占据里的四分之一。其家人三千，为方便来往，中通永巷，各院间需乘车马，而家僮门客于大门出入，竟互不相识，由此可知"侯门一入深似海"的说法并非虚言。当时有词人梁锽曾经赋诗曰"堂高凭上望，宅广乘车行"，说的就是郭家。而除了家宅以外，郭氏之盛可见于史传记载："前后赐良田美器，名园甲馆，声色珍玩，堆积羡溢，不可胜纪。代宗不名，呼为大臣。天下以其身为安危者殆二十年，校中书令考二十有四。"可谓权倾朝野。唐人笔记里说，他的宅院中，里巷小贩与公子贵族出入无间，这让郭家子弟自觉辱没门第。却没想到郭子仪一番教诲说：门下官马五百，官人一千，如果这样的高宅大院，关门闭户，不通内外，但凡有一丝怨语，以不臣之罪来构陷，再加上贪功害事之徒，罗织成事，那九族被灭不过旦夕之间啊，"今荡荡无间，四门洞开，虽谗毁是兴，无所加也。吾是以尔"。于是诸子皆伏。能够"权倾天下而朝不忌，功盖一代而主不疑，侈穷人欲而君子不之罪"，郭老的政治智慧正如这座四通八达的宅院，好生了得！

而更让他退隐之心弥坚的，大概是这么一件事。《朝野佥载》中说，郭子仪某日见到修理住宅的工人，顺口一句："好好干啊，别让这墙不牢！"正在筑墙的人把手里的铁锹往地上一插，应声答道："这几十年来，京城达官家的墙全都是我筑的，我只看到家宅的主人改换，而我筑的墙都还在，好着呢！"一语中的，郭子仪听了这话，怆然动容，遂入奏其事，于是坚决告老。在京城里被频繁易主的宅第之中，像安乐公主那样悲惨下场的大概不在少数，能够打动铁券老臣郭子仪的，恐怕正是筑墙者所说，"物是人非"的历史沧桑吧。

"节物风光不相待，桑田碧海须臾改。昔时金阶白玉堂，即今惟见青松在。"卢照邻在《长安古意》中的今昔之叹，是对于云烟变幻的推演与想象，尽管他不可能目睹身后安乐公主兴建的定昆池风景，以及尚父郭子仪为求保全的门户大开……这种盛衰之间的感叹，从来也不止于一时一地。1086年春，宋人张礼和朋友来到长安城南游玩，此时距离安乐时代已三百余年，长安早已不是那个天街走马的少年，其宫城与外廓城已在战乱中圮毁，而只有皇城被保留了下来。张礼游玩的，就是唐代皇城之南直到终南山下的山川故迹，他在《游城南记》中提到"自翠台庄由天门街上毕原，西望三会寺、定昆池"，当看到昔日"乐游燕喜之地，皆为野草，不觉有黍离麦秀之感"……

近千年过去了，定昆池的碧波，现在只荡漾于泛黄的朱丝栏黑鱼尾中。而浏览今天西安市的地图，我们会看到历史的一圈涟漪：定昆池一路，二路，三路——因为西安高新区所辖范围正包含了定昆池等历史遗址，这些带着初唐气息的名字重新得以在口耳间流传。又听说，一个规划详尽、有待开发打造的昆明池，将在数年后成为这城市新的一景。

"历史好比演剧，地理就是舞台。"当昆明池的风光大幕再次徐徐拉开，谁能说，这不也是一首《长安古意》呢？

（原载《读书》2015年第6期）

苦荬饆饠与泼生

"春病与春愁，何事年年有。半为枕前人，半为花间酒。"映着落英飞絮，春愁在杯酒中荡漾生波，这是五代词人孙光宪《生查子》中的句子。流连于个人心绪之摇摆，往往是花间派词人的写照，但据史传记载，孙光宪并不止于词一道而已，其人勤学而好撰，聚书数千卷，许多出自其人手抄。他于宦游之中，专于博访，留下了不少著述，其中最为人熟知的即是《北梦琐言》。从孙氏自序来看，广明黄巢之际的人世变动，秘籍亡散，令他兴起搜集旧闻的念头。中朝旧族的闲坐说玄宗，庙堂之上的朝野逸闻，坊里流播的人物言笑，在他笔下有着生动而传神的表现。

书中，有这么一则关于刘仆射崇龟的记载：

唐刘仆射崇龟，以清俭自居，甚招物论。尝召同列餐苦荬饆饠，朝士有知其矫，乃潜问小苍头曰："仆射晨餐何物？"苍头曰："泼生吃了也。"朝士闻而哂之。及镇番禺，效吴隐之为人，京国亲知贫乏者颙侯濡救，

但画荔枝图，自作赋以遗之。后薨于岭表，扶护灵榇，经渚宫，家人鬻海珍珠翠于市，时人讥之。(《刘仆射荔枝图》)

刘崇龟，咸通六年（865）进士，唐僖宗中和时入朝为兵部郎中，后累官至户部侍郎，检校户部尚书。据说，他以清廉俭朴自居，这一行径却招致他人的非议。曾经某次，刘仆射请同僚聚餐，食案上所摆的只有苦荬饆饠一味而已。官场中同僚或许对其人之矫情早有耳闻，私下向小苍头打听："你家主人早餐吃了些什么啊？"下人据实回答："吃了泼生。"不说还罢，众官员一听这番实情，免不了对刘崇龟的"清俭"嗤之以鼻……后来他出镇广东，为清海军节度使、岭南东道观察处置使，还效仿东晋以清廉孝悌知名的广州刺史吴隐之的做派——京中亲友故旧每每有贫困窘乏向其求援的，刘崇龟均只奉上自作的《荔枝图》并写赋相赠，以示清雅。文字之交淡于水，水墨的荔枝纵然画得十分精妙，一骑红尘也送不去妃子笑的甘甜！待到他身故岭南，家人扶柩途经湖北江陵时，标榜廉俭的刘家却变出不少海珍珠翠来转卖，仆射生前的清誉便愈加为人所嘲讽和调笑了。

这则故事涉及的两种食物，苦荬饆饠和泼生，从文意上看，一为俭，一为奢。所谓饆饠，应当指的是一种面点，虽然向达曾从音译角度称其可能为胡人抓饭，但从唐人所著《一切经音义》来看，其中对馃饼的解释，说馃饼是"馎饦之类，著脑油煮饼也"。反过来也就说明了馎饦是中间夹馅制成的饼，宋人《广韵》中有："馎：馎饦，饵也。"《集韵》有："馎：馎饦，饼属。"所谓饵、饼，显然不是胡人抓饭的意思。晚唐段成式所作《酉阳杂俎》中称韩约能作樱桃馎饦，其色不变，可以推想这种食品是中间夹有樱桃，而外有面皮，做好后其中樱桃色味不变，很是奇妙。唐代刘恂的《岭表录异》里也提到南方的蟹黄馎饦用"赤母蟹，内黄赤膏如鸡鸭子黄，肉白如豕膏，实其壳中。淋以五味，蒙以细面为蟹黄馎饦，珍美可尚"。取蟹黄蟹肉填于壳内，浇以调味料，再外裹细面，由此制成的馎饦自然黄白交错，鲜美异常。而在明代医书《普济方》中，保存了出自北宋《太平圣惠方》的"羊肾馎饦方"，完整地介绍了馎饦的制作过程："将药并枣及肾等拌和为馎饦馅，溲面作馎饦，以数重湿纸裹于糠火中煨，令纸焦药熟。"由此可知，馎饦就是有馅的面饼。不过，唐代刘崇龟家的苦荬馎饦和上述这些珍奇之物恐怕不能比，苦荬是一种略带苦味的绿叶植物，大致和今天的莴苣有些相似，虽然以现代观念看来营养价值颇高，但以其作馅，滋味不会太好，尤其是在刘崇龟那帮被邀聚餐的同僚看来。如果不是馅料的珍异，馎饦在唐代也算不上一种高级食品，这从玄宗天宝年间的进士宴情形都可以得见——据说当时每年春天于曲江池畔举行的进士宴分东西两棚，各有声势，而"稍伧者多会于酒楼食馎饦"。

至于"泼生"为何物，颇少见人述及。其实，宋人就已不甚了了。高似孙在《纬略》中说："泼生面,《太平记》曰大夫蚤来已食一碗泼生面矣。《太平记》,唐人所作。窦平曰泼生面,疑是今之略生面也。"高似孙转引的这条资料不见于他处,不知"泼生面"中的"面"字从何而来。不过,就《北梦琐言》原文来看,"泼生"应当是明显区别于苦荬馎饦的较高级食品。

从唐人其他记述,可以大致推断"泼生"所指。在唐代留存下来的食谱中就有以"生"为烹制对象的菜。唐代士子官员升迁,友朋同僚祝贺,一定盛置酒馔音乐,称作烧尾宴,一说是因为虎变为人的时候只有尾巴不化,必须焚除,才能成人,品秩高升者就好像虎得为人;一说则是新羊入群,为诸羊所抵触,不相亲附,必须火烧其后,不再"翘尾巴"才行,故而得名。除了同僚宴饮,新授官职者也有上给皇帝的精美饮食,唐中宗时韦巨源拜尚书令,就曾上过烧尾食,他的家藏旧书中留有当日食账,可以让后人一窥究竟——其中有一道菜名为"五生盘",下有注曰:"羊、豕、牛、熊、鹿并细治。"指的是五种肉食精做,生,意思是荤腥类新鲜的肉食。除了以上这些动物,鱼虾类也可称作"生"。在《岭表录异》里,就记载有一种"虾生"的做法:"南人多买虾之细者,生切菜兰香蓼等,用浓酱醋先泼活虾,盖以生菜,然后以熟饮覆其上,就口封之,亦有跳出醋楪者,谓之虾生。鄙里重之,以为异馔也。"具体说来,就是用浓酱醋等调味料泼在新鲜小虾上,再盖以生切的香辛蔬菜,上覆熟饮而成,由此可见"泼"生的用法。而据明代李日华《紫桃轩杂缀》笔记记载说："茗上祝翁……其家传有唐人《砍脍书》一编，文极奇古，类陆季疵《茶经》。首篇制刀砧，次别鲜品，次列刀法，有'小晃白''大晃白''舞梨花''柳叶缕''对翻蛱蝶''千丈线'等名，大都称其运刃之势与所砍细薄之妙也。末有下豉醯及泼沸之法，务取火齐与均和三味，疑必易牙之徒所为也……《下豉醯》篇中云：'剪香柔菜为芼，取其殷红翠碧与银丝相映，不独爽喉，兼亦艳目。'"这本家传的《砍脍书》应该出自唐代名厨之手，从制作器具到原材料选择、多种刀法的运用，到调味品及烹饪方式，作者向我们逐一展示了唐时鱼脍制作的精细步骤。末尾所提到的取"香柔菜"，与《岭表录异》中的"生切菜兰香蓼"的说法相吻合，所谓银丝，指的就是镂切如丝的鱼生，将初生嫩芽的殷红、叶子的翠绿和鱼丝的银白配合，相映缤纷，确是悦目。而泼沸，应该就是指在将新鲜鱼肉镂切极为细薄之后，用煮沸的汤泼淋其上的制作方式吧。总而言之，"泼生"这种方式极大程度地保留了肉质的鲜嫩，山珍海味尽得其美，刘崇龟早餐所食用的，应当就即此类。刘恂说"鄙里重之，以为异馔"，可见这道菜在当时也算得上珍奇的佳肴，这也就难怪刘崇龟会招致同僚的哂笑——一个饱食美味的仆射端出清俭的面目请客吃苦荬饆饠，实在是入戏太深。

其实，刘崇龟大可不必如此拘束自己。所谓位高者食肉，他的八世祖刘坦，曾经参与唐太宗晋阳起兵，被画入凌烟阁二十四功臣图；七世祖政会，娶太宗南平公主，封邢国公；而至刘崇龟这一辈，兄弟八人中四位官位颇高，刘崇龟本人也是检校户部尚书。唐时"每日出内厨食以赐宰相，馔可食十数人"。可知朝廷赐宰相大臣内厨饮食曾为惯例。高宗时候，有官员提议减少政事堂的供馔，就有人理直气壮地说："此食，天子所以重机务、待贤才也。吾辈若不任其职，当自陈乞以避贤路，不可减削公膳以邀求名誉也。国家之所费不在此，苟有效力于公道，斯亦不为多也。"皇家美食昭示的是重才爱才，如果才用不济，只可以自己请辞让贤，切不能断了贤者的美食之路。再说，国家花钱的地方多着呢，如果能让贤人尽忠其职，这点费用算什么？多乎哉？不多也！吃喝有理，原来有自……作为名门之后，位居高官的刘崇龟吃点泼生实在没啥，更何况，据史料记载，他也还真是个有所作为的官儿，断案如有神，不下狄仁杰呢——

广有大贾，约倡女夜集，而它盗杀女，遗刀去。贾入倡家，践其血而觉，乘艑亡。吏迹贾捕劾，得约女状而不杀也。崇龟方大缮军中，悉集宰人，至日入，乃遣。阴以遗刀易一杂置之，诘朝，群宰即庑取刀，一人不去，曰："是非我刀。"问之，得其主名。往视，则亡矣。崇龟取它囚杀之，声言贾也，陈诸市。亡宰归，捕诘具伏。其精明类此。(《新唐书》)

这个惊心动魄的故事大概就发生在刘崇龟出镇广东的时候，在排除了赴约商人的凶手嫌疑之后，他用了两步即告侦结完案：根据现场所留的凶器宰刀，刘崇龟以大宴军中为理由召集所有的屠宰手帮厨，暗中将凶器混入他们的宰刀中，换下一把——由于凶手做贼心虚，必不敢取回凶器，而会另取他人的替代，因此他确认了凶手就在其中。而后再造成赴约商人即是凶手并已伏法的假象，诱使真凶回归，刘崇龟的办案能力由此可见一斑！

而对于名声，刘崇龟也的的在意，他听闻兄弟崇鲁卷入政治斗争的荒唐行径，曾以数日不吃饭表达自己的愤怒，他对亲近说："吾家兄弟进身有素，未尝以声利败名，吾门不幸生此等儿！"以拒绝进食的态度来唾弃不屑的言行，看来食物与美德的关系似乎密不可分。这一点，有关唐肃宗的一则佳话亦有同工之妙：他为太子时某次侍膳，因为切割尚食所进的熟食羊臂臑，刀刃上沾染了肉末余渣，便顺手拿起饼来将刀刃抹拭干净，这一举动被唐玄宗看到后很是不快，谁知太子仿佛没有察觉，接下来不紧不慢将抹过刀刃的饼送到嘴里。懂得珍爱食物，让父皇龙心大悦，称赞说惜福当如是。这个宫禁流传的吃饼故事，旨在说明日后继承大统的肃宗已经具备抚育万民的潜质，他吃下去的不是肉末余渣，而是饼里隐藏的美德。此外，当时对人物品行的评论，还有这样的例子："王文公凝，清修重德，冠绝当时，……食䭔饦面，不过十八片。"根据《齐民要术》的记载，馎饦这种食品，其做法是将和好的面浸入水盆中，然后用手在盆边抟出拇指大小、约两寸长的极薄面片，用大火在沸水中煮透。煮好后的馎饦不仅光白可爱，而且滑美异常，这种面食到唐代时称不托，据李匡乂《资暇集》说，因为原本是用手掌托着制作，而后有了工具刀机，故而有此名。杨晔《膳夫经手录》称，唐时不托"有薄展而细粟者，有带而长者，有方而叶者，有厚而切者"诸多形状，但不管怎么说，十八片面片子的一顿饭真是不算多——从食欲的寡淡似乎可以推论官声的清廉，正所谓"食色性也"。

不过有时，偏爱美食也可以为人所接受，因为与贪财重利比起来，美食的影响实在微乎其微。据说唐人崔铉好食新馅头，以为珍美，开筵的头一天晚上，一定到使院索新煮馅头；而杜鹣公每早必食馎饭干脯——馅头是一种油煮的面点，而馎饭干脯也就是蒸饭加肉干，"虽各有所美，而非近利。与夫牙筹金埒，钱癖谷堆，不亦远乎！"。人无癖不可与之交，比起对金钱的需索无度，对某一美食之偏爱不过是无伤大雅的癖好而已，这些人的清廉洁身在当时人的眼里简直是不言自明的了。

更何况食物的贫乏，有时也会招致另一种贪婪。晚唐宰相段文昌，少年时家住江陵，因为贫窭不济，连饭也吃不上，每每听到曾口寺斋钟一动，就赶去寺里吃免费的斋饭。日子久了，不免被寺里的势利和尚所嫌弃，那以后和尚改成斋后扣钟，为的就是让他晚到而赶不上饭点。待到日后段文昌入登台座，连出大镇，拜荆南节度使，追溯往昔，感慨作诗云"曾遇阇黎饭后钟"，记忆中斋饭的滋味，在诗中品来是如此幽远。此一时，彼一时，富贵后的段文昌据闻连盛水洗脚也用的是金莲花盆，可以想见其生活的奢华，有同僚徐商写信规劝他，段相坦白回复："人生几何，要酬平生不足也！"据史志记载，段相平生所撰，除了文集诏诰，还有《食经》五十卷——对美食留心若此！看来，食不足，则贪心重，为的都是那一口欲望得不到满足的亏欠。

唐后期，经过开元盛世、安史之乱及之后的迭次冲刷起伏，社会中兴的气象很是有限，人心对于奢华现世的追求，在食物的精美上得以显现。"一样金盘五千面，红酥点出牡丹花。"这是王建《宫词》中对红酥制作的精美冷盘之描绘，曾令唐人如醉如痴、赏玩不置的牡丹，就不仅仅出现于曲江池畔，且在杯盘之间盛放，展现了当时厨艺的高超以及唐人对美之极致的追求。这种宴饮的奢侈，在幕天席地的曲江春游中更是得到了充分的体现。

唐僖宗乾符二年（875）正月，对于进士宴的奢靡之风，曾有如下诏敕：

进士策名，向来所重，由此从官，第一出身。诚宜行止端庄，宴游俭约，事务率鐄，动合兢修，保他日之令名，成在此之慎静。岂宜纵逸，惟切追欢！近年以来，浇风大扇，一春所费，万余贯钱，况在麻衣，从何而出？力足者乐于书罚，家贫者苦于成名。将革弊讹，实在中道。宜令礼部切加诫约，每年有名宴会，一春罚钱及铺地等相许，每人不得一百千；其勾当分手，不得过五十人；其开试开宴，并须在四月内。稍有违越，必举朝章，仍委御史台当加纠察。(《唐大诏令集》)

　　每年春天长安曲江池畔的进士宴，最为人所瞩目。对雁塔题名的士子来说，这是他们踏上漫漫青云路的仕途第一程，"春风得意马蹄疾"，曲江池边的衣香鬓影，掩映不住内心的喜悦之情。从这通诏敕来看，所谓"近年以来，浇风大扇"，可见乾符初年，进士宴的奢靡程度已达到朝廷不满、要求礼部加以诫约的地步了。《国史补》的说法也可予以佐证，据称此前为下第士人举办的曲江大会渐加侈靡，晚唐时下第者不再参与，所以长安一些游手之民，自相鸠集，称为"进士团"，为的就是筹备每年春天的进士宴。进士团至大中、咸通年以来人数颇多，其中有个叫何士参的，为团中领袖，筹备宴会好生了得，往往头年的宴会才罢，他已备下来年开宴的费用，因此四海之内、水陆之珍，无不毕备，故而人称他为"长安三绝"之一，由此可以想见当日曲江边的不二风光。

　　但在禁止奢侈的朝廷诏敕之下，长安宴会的情形又复如何？五代王定保的《唐摭言》里有这样一条记载，说的正是两年后的事。乾符四年（877），曾为礼部尚书的刘邺第二子刘覃应试及第，此时出镇淮南的刘邺让手下以每日一铤银的标准用于爱儿在京城聚餐宴饮之开销，而刘覃的花费是这好几倍，小吏上报，刘邺命令"取足而已"。进士宴会正赶上尝新的时候，状元及他人还在议定各人出资宴请的份额，刘覃已偷偷派人以重金预订了数十石樱桃，独力承办樱桃宴，大会公卿。此时京城樱桃刚刚上市，即使显贵也未能入口，而刘覃那里却是山积铺席，还将樱桃和以糖酪，与宴者每人享受蛮槛一小盎，亦不啻数升，以致参与者个个心满意足。这一场樱桃宴让人印象着实深刻，唐太宗当年赋诗云："昔作园中实，今来席上珍。"作为皇家赐物的樱桃，曾让多少臣子倍感荣耀，避难成都的杜甫在见到西蜀的樱桃时不禁感慨："忆昨赐沾门下省，退朝擎出大明宫。"而至此一介中举士子，即有如此财能势力筹办京城樱桃宴，晚唐时期的社会风尚可见一斑。

正如上引诏敕所言，进士宴是举子们进入官场的第一步，进士宴的动静奢俭，关乎他日的令名，而这种不管不顾的态度，似乎也就宣示了晚唐五代的官场百态。在段文昌的故事里，那个致信相劝的徐商，是咸通末年的宰相，同时为相的还有曹确、杨收和路岩。杨、路二人以弄权卖官，曹、徐只不过装装样子，所以有长安民谣唱的是："'确''确'无论事，钱财总被'收'。'商'人都不管，货'赂'几时休？"（《唐语林》）打破门第出身局限的科举制度，曾为朝廷不拘一格收纳几多人才，而至此时，官员一纸，不过靠银两换得。甚至据说连这张验明正身的纸片告身，也不能随便换到，还要看银钱的多寡呢。直到后唐明宗时的吏部侍郎上书，才有了百官皆赐告身的由来。而这个上书的吏部侍郎，就是刘崇龟的侄儿刘岳。

史志记载，刘岳好学，敏于文辞，身为太常卿时，他参与了郑余庆《吉凶书仪》的改编。《吉凶书仪》原本为郑余庆采择士庶吉凶书仪，杂以当时的家人之礼编撰而成，它顺应了整个社会由士族向庶民的变动，是礼仪向下扩散的体现。但郑余庆所采不少来自民间传习，失其根本，甚至有冥婚之制，所以引起后唐明宗不满，而诏令名门之后刘岳担纲负责礼的改编。

据说某次入早朝的时候，晨曦昏暗中，兵部侍郎与刘岳看到走在前面的宰相冯道屡屡回头，侍郎嘀咕，长乐老回头看啥啊？刘岳调侃说，恐怕他是落下了《兔园册》吧——《兔园册》是当时乡校俚儒用来教田夫牧子所用的启蒙读物，刘岳以此嘲笑出身田家、状貌质野的冯道，显示的是自己的名门身世。哪怕，冯道历仕四朝，官高为相，在刘岳看来，他摆脱不了一个田间野老的庶族身份。这种嘲讽，显示了士族与庶族之间不可弥合的缝隙，这与科举制的冲击、社会格局之变动不无关系。或许，正是源于这种无法阻挡的阶层之流动起伏，使得在社会风习已趋于游乐的同时，刘岳们仍会以此为理由，希冀通过书仪之修撰，维系来自名门望族的正统和声名不坠吧。也或许是出于同样的心理，明明品尝过泼生美味的刘崇龟，才会端上那道饱受讥评的苦荬饆饠，向世人展示，也在内心暗自追忆曾经占据社会风尚中心的道德高地。

　　"岁华频度想堪惊""未甘虚老负平生"，孙光宪这两句词中流落出的时光荏苒，人世变幻，在《北梦琐言》中亦处处可见。

（原载《读书》2011 年第 10 期）

德食之间

武则天时期，娄师德奉使巡视陕西，进餐时，当地的厨师进了盘肉。

娄师德大表诧异："咦！不是皇帝下令禁止杀生吗？怎么会有这个！"

厨子回复："是豺狼咬杀了羊。"

师德听闻此言，点赞曰："大解事豺！"违背法令之重担心中一放，热腾腾的羊肉吃将起来……

一会儿，又上了盘生鱼片，再追问怎么会有鱼，老实的厨子依旧回复说是豺狼咬死的——嗨！这智商连享用的人都为他着急，娄师德遂大声呵斥："智短汉！怎么不说是水獭？！"厨师连忙改口："是水獭，是水獭！"

这位娄师德，在武则天时期曾官至宰相，其人以谨慎和隐忍著称于史。根据《新唐书》本传，成语"唾面自干"之典故即源自此人。上揭赞叹中的"大解事"，意思就是善解人意。另外，在唐人口语中，"汉"字通常含有鄙视意味，"智短汉"约略相当于今人所说的"蠢货"。能令这样一位御史大人，在羊肉和生鱼片面前态度如此鲜明生动，可见其时出巡饮食之寡淡。唐代笔记中有"则天禁屠杀颇切，吏人弊于蔬菜"的记载，说的就是当朝天子因信佛，导致官场上饭局的档次大为降低。

根据史书记载，唐代的断屠钓多于忌日、节日等时间实行，届时，禁止荤腥杀生，以为逝者祈福，为生者求护佑。而笃信佛教的武则天曾多次下令实施，最长的一次是从圣历元年（698）五月到圣历三年（700）十二月，前后历时两年之久。对此，有官员崔融颇不以为然，他专为此事上了《断屠议》，言辞恳切地指出：天之常道与自然之理不可违背，如果一切不许，"惟长奸欺，外有断屠之名，内诚鼓刀者众"。听闻此言，武皇帝这才作罢。在崔融笔下，口腹之欲着实难禁，"江南诸州以鱼为命，河西诸国以肉为斋"，若是为了追求佛法的普照，而强令举国上下从此断了荤腥，恐怕一时也难以实现，所以才会有借豺狼之名开肉食之禁的故事。所谓上有政策，下有对策，自古而然。面对严苛的法律与难舍的物欲人情，除了妙解人事的豺獭，更多的是熟谙官员心理的侍从下属，他们游走于官员内心的道德与眼前的美食之间，殚精竭虑地寻求解决问题的办法……

近日的新闻报道中，也有这样的"解事羊"。据称，南方某省落马官员，任职期间曾在地方宴请的饭桌上瞥见摆有苏门羚、扭角羚等菜品，他笑着说："这是国家一级、二级保护动物啊！"下属连忙解释："从山上滚下来摔死的，不吃可惜了。"官员哈哈大笑，说："我一来，你们这儿的野生动物就集体跳崖啊？"时移世易，与娄师德遇到的情形不同，这些进化了的动物们不再需要彼此厮杀，而是赤裸裸地径直献身，心甘情愿地成为官员的盘中餐口中食。

再回到唐代，在武则天时期的严苛环境下，去责备御史大夫们千方百计吃上一顿肉，似乎显得有些不近人情。不过，正所谓食色性也，在锦衣玉食的装点中，彬彬有礼的举止或许不足为奇，而在物资匮乏的年代，为满足口腹舌尖之欲，外表的吃相大概与内在的本性也就相距不远了。唐代笔记《御史台记》中有这样一条资料：

唐御史出使，久绝滋味。至驿，或窃脯腊置于食，伪叱侍者撤之，侍者去而后徐食，此往往而有，殊失举措也。尝有御史，所留不多，不觉，侍者见之，对曰："干肉驿家颇有，请吏留。"御史深自愧焉。亦有膳者烂煮肉，以汁作羹，御史伪不知而食之。或羹中遇肉，乃责庖人。或值新庖人，未闲应答，但谢曰"罗漏"，言以罗滤之漏也。神龙中，韩琬与路元壳、郑元父充判官，至莱州，亲睹此事，相顾而笑。

《御史台记》为殿中侍御史韩琬所撰，记录的是唐初至开元年间的御史台事。其时，"卫司无帘幕，供膳乏鲜肥，形容消瘦尽，空往复空归"，状摹的就是外出巡视的御史官员久绝滋味的情形。于是，一到驿站，有人偷取里面的腊肉置于饭食，假装呵斥侍者，待到四下无人，才心无旁骛地独自细嚼慢咽，品尝起久违的腊肉来。此种情形大概已成惯例，以至于某次御史留下的腊肉不多，连侍从都忍不住径直告诉他说，这驿站里面腊肉有不少，只管留下好了！还有善于琢磨的厨师将肉煮烂，肉汁和作羹，御史也心有灵犀地假装不知情，只管享用其鲜美的味道；若是羹中碰巧有肉现身，御史还要做出责怪的样子来，碰上新来的厨师不懂规矩，应答不周，就只会老实说："过滤的时候漏了这块肉。"此种百般掩饰自己的贪欲，不惜将责任诿于他人的情形，是作者在神龙年间山东莱州的驿站里亲眼见到，想来所言不虚。

曾任御史中丞的魏元忠对同僚说过，自己外巡至驿站，"干肉、鸡子并食之，未亏于宪司之重"。虽然他想要将吃食与为官做宰撇分清楚，但在历史书写中，这些官员之吃肉与否，以及如何吃上肉，绝对不仅仅是一个果腹的问题。与饮食有关的唐人逸事，总被有意无意地与人物品德联系起来，成为官场内外茶余饭后的谈资，更何况是身肩重任的御史台官员？

抉隐发微，鞭恶扬善，在古人那里，整顿吏治，是中央监察机构的职责——唐代的御史台，即是如此性质的设置。它沿袭秦汉以来的制度，又分设了台院、殿院和察院，形成三院分立、彼此牵制、互相配合的中央监察系统。据成书于开元年间的《唐六典》记载，其中御史大夫权职最高，"掌邦国刑宪、典章之政令，以肃正朝列"，其下则有侍御史、殿中侍御史和监察御史三种官职，分别负责台院、殿院和察院。具体而言，朝中礼仪的肃整，国家法令的执行，大小官员的风纪，边疆战功的行赏，地方官员的选补，乃至屯田铸钱，审功纠过，诸多事项都在御史台的职权范围之内。

而在这个权重如许的要害部门，与唐代中央政权诸部省一样，官员们除了所需要承担的职责以外，也依官阶高下，享受各级大小不等的待遇。就饮食而言，武则天之后，景云二年（711）就有敕说："每日常参官职事五品以上及员外郎，供一百盘、羊三口。余赐中书门下供奉官及监察御史、太常博士。"其他官员也有相应的食物待遇，冬天供汤饼，夏月有冷淘（即过水凉面），另外还有桃、梨水果等。及至唐玄宗时期，官员的饮食待遇则规定得更为细致，据《唐六典》记载，凡是亲王以下的官员都享有各自的常食料。所谓常食料，指的是官员在朝参日由朝廷提供的食物。如三品以上官员的标准配置是：常食料九盘，每日有细米二升二合，粳米八合，面二升四合，酒一升半，羊肉四分，酱四合，醋四合，瓜三颗，以及盐、豉、葱、姜、葵、韭之类各有差。监察御史是正八品官，常食料为五盘，也有米面调味种种。他们除了分量不小的常食料，还有早餐、午时粥等。正如韩愈诗中所形容："殿前群公赐食罢，骅骝蹋路骄且闲。"这些大小官员们在享用过天子的赐食以后，轻骑闲步，回味无穷，好一派志得意满的态度。遇到节日，诸王之下的大小官员还另配有节日食料，比如说寒食的麦粥、正月七日和三月三

日的煎饼、正月十五日和晦日的膏糜、五月五日的粽（米
壹），七月七日的斫饼，九月九日的麻葛糕，十月一日的
黍臛……如此种种，均见于唐代的典章制度，可知官员所
享受的饮食待遇之优渥，也体现了"古之上贤，必有禄秩
之给，有烹饪之养，所以优之也"的含义。这道道美食，
是供奉在臣子们案几上的汤汤皇恩。

　　不过实际上，官员们的饮食情形何如，在唐人笔记中
倒有一些生动的描写，可以侧面推敲。唐代韩琬所撰《御
史台记》里就有这么一条，文字不多，而内涵极为丰富：
一个明经科出身的监察御史，本来就不擅长吟风弄月，而
因为身居要津，难免被人阿谀，以致飘飘然自以为是，每
篇文章都请人书写，而每每因此以月俸折算光台钱，成为
名副其实的月光一族。幸而心思细密的妻子旁观者清，察
觉有异后，为他指点迷津："文章是别人的好！你原本是
经生，自以为得意的文字压根儿就没在外面流传，这不
过是同僚们撺掇，想法子让你出钱改善伙食罢了，何苦受
人玩弄？"看来，知己知彼，老婆还是自己的好——从此
监察御史虽然依旧吟咏不辍，却不再充当冤大头、出光台
钱了。那些颇有居心的同事们发觉断了财路，听他如是回
答，也只好束手，意识到他家有贤妻，不能再玩弄下去。

　　除了文中提到的"光台钱"，晚唐五代的史籍中还有
"光署钱""光院钱""光学钱"等名目，这些都指的是御
史台、翰林学士院、国子监等中央各部门所征收的某类钱
款，原本为官员升迁后宴请同僚的饮食费用，至五代时成

为中央诸司的一项常规收入，性质大约可视为单位的自筹资金。从《御史台记》这条资料，可以想见御史台里的伙食水准，因此御史大夫们动起了同事月薪的脑筋，来凑取光台钱。本来光台宴饮，"筵席肃庄，笾豆静嘉，燔炮烹饪，益以酒醴"，可以"获僚友之乐"，而如今看来，在杯盘交错之间，更多的是官员们彼此的心计往复。

而更有甚者，则在欢洽宴饮之后，给同僚狠狠捅上一刀，博取自己官阶晋升的脚踏。《资治通鉴》中有这样一则记载：

（长寿元年）五月，丙寅，禁天下屠杀及捕鱼虾。……右拾遗张德，生男三日，私杀羊会同僚，补阙杜肃怀一馂，上表告之。明日，太后对仗，谓德曰："闻卿生男，甚喜。"德拜谢。太后曰："何从得肉？"德叩头服罪。太后曰："朕禁屠宰，吉凶不预。然卿自今招客，亦须择人。"出肃表示之。肃大惭，举朝欲唾其面。

武则天长寿元年禁屠的时候，拾遗张德家为给新生儿办洗三宴，不惜私下宰羊，宴请同僚。补阙杜肃就在这喜庆热闹的友朋佳宴上，心怀鬼胎，将席上的一只馅饼（大概是羊肉馅的吧）藏入衣内，拿去作为证据，给武皇帝上了一表，告发张德违令。第二天上朝的时候，武则天先是祝贺张德得子，继而一问："宴会上的肉从哪儿来的啊？"吓得拾遗叩头认罪。没想到，女皇宽慰他："我下令禁止屠宰，但吉凶大礼并不涉及。倒是你，从今而后，请客还须择人哪！”随手拿出杜肃的告发表给张德看。朝廷之上，杜肃惭愧莫及，而满朝文武，面对这样的小人，个个恨不得唾他一脸。这种维护朝廷法令纲纪的理由，貌似正当、堂皇，却背离了人情的友善，难怪连武则天也无法忍受。馅饼咬下去的每一口，原本品尝的是同僚间亲密分享的人生喜悦，竟成为无耻小子告密揭发的凭据，散发出人心黑暗的隔夜恶臭，馅饼何辜？

在唐人的种种叙述里，食物与品德的关联如影随形。饼，不仅仅是人心险恶的见证，也是诸多美德的象征。有一类关于饼的传说，见诸多处唐代笔记，情节极为相似，而与之相关的人物却从唐太宗到唐肃宗以及唐德宗，跨越了上百年：

太宗使宇文士及割肉，以饼拭手，帝屡目焉，士及佯为不悟，更徐拭而便啖之。（《隋唐嘉话》）

肃宗为太子，尝侍膳。尚食置熟俎，有羊臂臑，上顾太子，使太子割。肃宗既割，余污漫刃，以饼洁之，上熟视，不怿；肃宗徐举饼啖之，上大悦，谓太子曰：“福当如是爱惜。”（《唐语林》）

德宗幸东宫，太子亲割羊脾，水泽手，因以饼洁之。太子觉上色动，乃徐卷而食。（《酉阳杂俎》）

在这一脉相承的吃饼故事中，我们可以看到被饼抹去、一起吞下的，不仅仅是肉末余渣等食物的"污秽"，还有天子对于臣僚、继任者德行人品所投去的怀疑的目光。或许无须一味考证三则故事出处的真伪及其时间上的迭次顺序，这些唐代笔记的作者所形容揣摩的宫禁秘事，不约而同想要传递出的要旨——正如唐明皇对太子所言："福当如是爱惜。"而珍惜食物，就是珍惜福分，具有清俭的美德，或抚育万邦的资格。

这也让人联想起唐英公李勣的逸事。李勣历事唐高祖、唐太宗、唐高宗三朝，出将入相，曾被列入"凌烟阁二十四功臣"。据说他做宰相的时候，有家乡人来访，于是李勣设食款待。或许饼的边缘有些焦煳，客人顺手把它撕去，让英公看到了，大发议论说："君大年少，此饼，犁地两遍熟，概下种锄耩收刈打飏讫，碨罗作面，然后为饼，少年裂却缘，是何道？此处犹可，若对至尊前，公作如此事，参差斫却你头！"从犁地，下种，收割，扬场到磨面做饼，眼前焦饼来之不易的一席话让客人大为惭愧，而若以如此行径面对至尊、将会招来杀身之祸的假想，也与前揭笔记中所描绘的历任天子形象所吻合。《朝野佥载》的作者张鷟在唐英公的这条记载后，又讲了一个类似的以饼待客故事。他说：北朝的时候，华州刺史王罴家中有客人将饼的边缘撕去，王罴曰："此饼好不容易才能得以入口。您现在撕饼，看来还不饿，那就将饼撤下吧。"客人大吃一惊。当然，王罴令人吃惊的事例不止于此，某次看到人家切瓜时瓜皮切得很厚扔到地上，王罴心疼皮上所带的瓜瓤，就地拾起吃将起来，让人极为惊讶。对此，张鹭感慨："今轻薄少年裂饼缘，割瓜侵瓤，以为达官儿郎，通人之所不为也。"

在唐人的饮食中，从长安到敦煌，饼无远弗届。对这些唐代笔记故事所勾勒出的人物形象而言，它绝不仅仅是一道食物。育德育民的天子、劳苦功高的贤臣，他们吃下去的是饼，考验得到的却是胸怀天下的德行，以及对他人辛苦劳作的满腹感激。但在玩弄谋术的人看来，饼食，也可以是成就他们美德令名的最佳道具。《朝野佥载》里说东海有个郭纯，丧母之后，每每他悲恸一哭，则群鸟大集，仿佛被孝子的诚心所感动。经地方上考察确有此景，于是旌表门闾，表彰孝亲。而实情却原来是郭纯每次哭母，就将饼食撒在地上，引诱群鸟争相来食。其后数次如此，鸟儿一听到他的哭声便以为是吃食信号，纷纷飞来，并非主人公哭母感天动地。在这样一出苦心编排的孝子戏里，郭纯撒下饼食，不仅仅诱惑了趋从本能的鸟儿，也俘获了人们对于道德的美好想象……

在这些众声喧哗、五味杂陈的历史记载中，道德与食物总是那样交错映射，让我们看到人性的多重面目；而种种情节相似的戏码，又让人讶异于历史故事的反复演出。这是食物的源远流长，还是道德的能量守恒？

在得到与失去之间，在道德与饮食之间，回味竟是如此绵长。

（原载《读书》2015年第1期）

功名利禄文章事

4月的夜晚，路边的一树树樱花不时在料峭的春风中摇曳，映衬着湛蓝的天空，淡粉的花瓣愈发透出丝丝清冷和莹洁。这样的暮色，让人情不自禁，若有所思，所谓气物感人，诗意的美大概就是这样吧……

也正是暮春时分，唐代诗人崔湜，曾出洛阳皇城端门，下天津桥。只见南北大道绵延七里，路旁是从隋朝开始就已遍植的樱桃、石榴诸花木，加以唐代间种的槐、柳等树，粉红烟绿，繁花照眼，崔湜不由得驻马吟诗："春游上林苑，花满洛阳城。"据称他弱冠即登进士，不到十年已掌贡举，此时年仅二十七岁，史书形容其人举止端雅，文辞清丽。"津桥东北斗亭西，到此令人诗思迷"，天津桥下的粼粼波光舞动一城春色，也掩映着诗人的无边思绪。桥边崔湜的风姿，令时任工部侍郎的张说怅然而叹："此句可效，此位可得，其年不可及也！"

这番感慨，说的是文才、官职，以及时运这三项对唐人而言尤为重要的东西。崔湜无疑曾是命运的宠儿，二十七岁已知贡举，意味着多少士子的前途系于他的掌中！"慈恩塔下题名处，十七人中最少年"——白居易曾以此诗标榜自己一举及第的少年得意，而他所自诩的年轻，也正是崔湜掌贡举时的二十七岁呢（一说白中进士更晚，二十九岁），这也就难怪张说会有那样的感慨了。

为文与做官，今天看来似乎迥然不同的人生状态，在唐代则由于科举制度之推行而与士子的命运紧紧勾连在一起。科举之中，明经与进士两科最为唐人所重。京城内四方汇聚的士子帖经据典，试策赋文，纸笔间飞龙走马，奔的是金銮殿前青云路。其中的佼佼者即便通过了礼部的考试、金榜题名成为进士，抬头举目望去，前途未卜，距离授职上任的那一天依然遥远。吏部的关试，守选，铨试……为官的道路既慢且长，唐代张著的笔记《翰林盛事》中说，连候选的文书都必须依官方给出的榜样一字不错合乎规范，稍有差池，即被驳回落选，如此，竟导致有等待三十年而不得为官的情况……

漫漫功名路，执牙笏、佩鱼符、穿绯着紫的，自然万众瞩目。《封氏闻见记》里就描述了一幕戏剧性的场景，说的是唐诗名句"葡萄美酒夜光杯"的作者王翰，曾在候选官职的过程中擅作主张，议论品评当时海内的一百余名文士，将其分列高下九等，并颇具私心地置自己为第一等人物，与张说、李邕等大家并列，而对其他人则加以贬斥。

王翰此番举动很值得玩味，他将文士分列九等的做法，让人联想起在科举制兴起之先，魏晋南北朝推行的人才选拔制度——九品中正制。魏文帝时期，开始以"贤有识鉴"的中央官吏兼任原籍州、郡的大小中正官，察访散在各地同籍的已仕、未仕士人，采择舆论，按照家世门第和道德才能，将士人分别评定为三等九品，政府按等选用，每三年调整品第一次，是谓九品中正制。这其中，中正官的评定意见，对于士子升迁有着不言而喻的分量。隋文帝时，九品中正制已被废除，代之以分科、试策来招贤取士，继而是唐代科举制度对人才选拔的进一步程式化——纵使才士万千如过江之鲫，终须经这龙门，方才算修成正果。开榜之日，中者狂喜，未中者悲怆，多少喜剧、悲剧、闹剧，在这国家选秀场里年复一年地上演，不知会延续到几时……而当日的王翰，效仿前代历史上的九品中正制，偷偷将这种夹带私货的九品文士榜贴于吏部东街，如果不是为了自抬身价，以博取求官的顺利，他又意欲何为？不出所料，这份来历不明的榜单引起了观者如堵，被贬损的众人无不咬牙切齿，愤愤不平：都说文章自己的好，这三六九等如何排比得出？此事查找线索不难，不过本想追究一番的吏部侍郎卢从愿被"势门"所劝阻，王翰因而才免去刑狱之灾。

这里所说的"势门"，很有可能即指王翰榜中所列第一等的朝廷大手笔张说。张说曾三任宰相，被玄宗誉为"当朝师表，一代词宗"，据史传记载，还在他出镇并州时，就对王翰颇为欣赏，后来即引荐其任秘书省正字。这一看似详定典籍、校正文字的闲职，实乃升迁之捷径，王翰日后擢升为通事舍人、驾部员外，也由此可见燕国公张说对他的推举。张说曾评价王翰文采斐然，犹如"琼林玉斝，烂然可珍"，即使有所玷缺，也可称一时之秀。正是因为张说对词学之士的爱惜，王翰等人能够常游其门。

开元十三年（725）四月，唐玄宗与众学士官员欢宴，以"仙者，凭虚之论"，"贤者，济理之具"，决定更殿名"集仙殿"为"集贤殿"，将丽正学院改为集贤殿学院，众学士十八人，以张说知院事。五日，张说上任，玄宗赐宴赋诗，众人均奉命唱和。王翰也有参与，作《奉和圣制送张说上集贤学士赐宴得筵字》，诗歌末句云："徒仰蓬莱地，何阶不让缘"——自负文才的王翰将学士云集的集贤殿比作缥缈天外的蓬莱仙境，其心驰神往之情可以想见。

的确，集贤殿书院汇聚了张说、徐坚、贺知章等文笔大家，众人文采焕然，盛唐气象熠熠生辉。对此，玄宗乘兴赋诗曰：

> 广学开书殿，崇儒引席珍。
> 集贤昭衮职，论道命台臣。
> 礼乐沿今古，文章革旧新。
> 献酬尊俎列，宾主位班陈。
> 节变云初夏，时移气尚春。
> 所希光史册，千载仰兹辰。

由于文学盛事的辉映，而使得春夏之交的一瞬被载入千秋史册，为后世所仰望，诗末洋溢着古往今来的历史情怀，唐明皇显得踌躇满志。其中所谓"礼乐沿今古，文章革旧新"，说的是一朝文化之传承与新创。唐人曾经有过这样的评论："开元十五年后，声律风骨始备矣。实由主上恶华好朴，去伪从真，使海内词场，翕然尊古，南风周雅，称阐今日。"（《河岳英灵集》叙）在殷璠看来，所谓上有所好，下必从焉，玄宗对文学的态度，以及在文学上的旨趣，有如和风吹拂，盛唐诗歌开始日见蓬勃，条叶葳蕤。

以诗歌而论，唐朝文学之兴盛自古迄今无出其右。据史书记载，太宗听政之暇，留情于文史，不时有叙事言怀之作；武则天"好雕虫之艺"，以文章选士；中宗时景龙文馆众学士相从，春风秋景，赋诗无数；玄宗"崇儒重德，亲自讲论，刊校图书，详延学者"；德宗时期政治稍安，逸兴遄飞的节日诗会频频举行，他晚年摒绝嗜欲，尤工诗句，臣下皆不可及；文宗则每试进士，多自出题目，待到考卷呈上，即吟咏佳作，终日忘倦——举凡天下之位稍安，历任君主出于武功文治并举的心理，往往表现出对文学的推崇：大宴学士，嘉奖特别，实则在自己身边聚拢一群颂德的文臣，以形成核心幕僚圈；也有对一朝文风加以整饬的，像玄宗环视左右，生发出指点江山激扬文字的万丈豪情，对不合己意者删削批落，俨然以文学领袖自居。这些庙堂之上的往来酬唱，映照出的往往是皇帝不可一世的骄矜，以及身边得志者灿若菊花的笑脸。文学，不过是太平天下之粉饰，抑或沦为助力文士平步青云的好风。

当然，张说在文学上的推助之功，实在不可忽视，史称"开元文物彬彬，说力居多"，天子的尊尚经术，开馆置学士，也都是张说倡导的结果。张说的重文崇礼，在此次集贤殿学士的盛宴上亦可见一斑。《大唐新语》记载，张说拜集贤学士，于院厅举行宴会，在众人举酒相贺之际，他推让不肯先饮。这位文坛首领举出前朝例子，说高宗时修史学士有十八九人，身为国舅的长孙太尉不肯居先，那些官居九品末位者亦不许在后，于是取十九杯一时同饮；武则天长安年间，修撰《三教珠英》的学士亦官位高卑悬隔，但站立时，彼此前后位置不以官职品秩为序——张说以为，"学士之礼，以道义相高，不以官班为前后"，于是命人取来数杯，使集贤殿众学士同饮，一时传为美谈，人多叹赏。

位高权重者学问未必上佳，张说被人所叹赏的是他言辞间流露出的文学自信——不以官职大小为标准来衡量评判学士，这之上，是一个更高的"道义"所在。甚至以文才与官职二者相较，他也认为前者更值得尊重与赞美。

贺知章从太常少卿迁礼部侍郎，兼集贤学士，一日并谢二恩。就有同僚源乾曜问张说："贺公久负盛名，今日同时宣布两份任命，足为学者光耀。学士与侍郎，您以为何者为美？"

张说回复说："本朝礼部侍郎负责人才选拔，如果不是名望与实才兼备，无从担任此职。但即便如此，礼部侍郎也始终是一名官吏，并不为德贤之人所仰慕；而学士怀先王之道，为缙绅轨仪，蕴扬、班之词彩，兼游、夏之文学，始可处之无愧。二美之中，此为最矣！"

官居四品的礼部侍郎在科举中掌握遴选士子的大权，

却比不过学识文采出众的集贤殿学士，张说此番褒奖，是他对文学的倾心赞美，也体现了这一时期所形成的文人政治圈的核心主张。

此处提到的礼部侍郎，原本并不具体负责科举考试，甄选人才曾是吏部考功郎中、考功员外郎等人的职责。开元二十四年（736），性情刚急的李昂出任考功员外郎，他召集进士，约法三章：考校取舍凭的是公平，如果有请托于人者，必须落选！而李昂的外舅曾经与进士李权是好邻居，得知李权候选，好意为他关说。李昂果然大怒，聚集贡士，当众数落请托之过。虽然李权委屈表示自己并未求人美言，但那位考功员外郎将脸一板："读各位君子的文字，的确很好。然而古人有言：'瑜不掩瑕'，其中或许有词语不妥之处，大家一起来看如何？"众人点头。出门之后，李权意识到考功员外郎刚才那番话明显是针对他所说，由其主考，自己处境不妙，于是心一横，私底下也来搜寻李昂文字中的瑕疵。不几天，李昂果然将李权文句中的小瑕疵，在通衢大道上张榜公开羞辱。有备而来的李权回应道："礼尚往来，来而不往非礼也。鄙文的不好，已经都给大家看到了，而执事您的大作雅什，我也切磋一二，可以吗？"昂怒而应曰："有何不可！"李权问："'耳临清渭洗，心向白云闲'这句是执事的文辞吗？"昂曰："不错。"李权说："昔时唐尧因为衰老疲惫，打算禅让天下给许由。许由厌恶这番话，所以跑去洗耳。现在皇上春秋鼎盛，又不想将天下揖让于您，足下诗中说洗耳，是为了什么？！"李昂听到这里，惶恐惊骇，于是向上司申诉李权出言不逊。虽然此次纠纷最终也没有穷究下去，但据说原初刚愎不受他人请托的李昂，经历此一事件后心有余悸，凡有人求则无不允从。朝廷因此认为官位从六品的吏部考功员外郎位卑言轻，不足以服众进士，于是这年三月壬辰，玄宗敕令，从此改由正四品礼部侍郎来执掌这一科考重职，负责贡举。

"耳临清渭洗，心向白云闲。"诗句抒写的不过是山水间的悠然情怀，却在这场负气倾轧中化为纸笔间的黑白对决，对诗句的条分缕析，迂回周折，令李昂"惶骇蹶起，不知所酬"，有陷入险境之虞；而李权文字上的瑕疵，竟也可以公之广衢大道，以达到羞辱人品的目的——武则天时期大臣间罗织罪名，冤屈控诉不绝，声犹在耳，李权、李昂这种以文学为端由，寻章摘句发起对作者的人身攻击，则几乎开启了后世"文字狱"之先河。难道，这也可以归之于文学的魔力？

命运攸关的科举制度对文学的影响，除了诗歌自身在这广袤的竞技场上获得臻于成熟的机会，大概颇为可观的，还有文人日渐强烈的依附心理。学成文武艺，货与帝王家，还有什么比褒奖肯定你的才华，更能让一介文人激动的呢？王翰九品榜上的自我彰扬，玄宗朝堂上的左右钦赏，李权、李昂彼此间的要奸伎俩……那些名利场中呈现的五光十色，都不是文学的本来面目。

而唐代诗歌之盛，并不限于朝堂。驿路边关，歌馆舞榭，仆仆于风尘之中，或春光潋滟之处，可以听到诗人作品吟咏不绝。如李益诗名早著，有《征人歌且行》一篇，被好事者画为图障，另一首"不知何处吹芦管，一夜征人尽望乡"，天下亦唱为乐曲。唐人以诗入歌，这其中最为人所熟知的，莫过于开元年间均负盛名的王昌龄、高适与王之涣三人，于天寒微雪之际旗亭听歌女吟唱的故事——"黄沙远上白云间，一片孤城万仞山。羌笛何须怨杨柳，春风不度玉门关"，王之涣《凉州词》的那种荒凉孤寂的边疆情境，远不同于小儿女的娇柔姿态，竟得到了在座歌伎中最美一位的垂青，可以想象她清越的歌声，穿过回风中的簌簌细雪，在诗人心中激起了多少暖意。而之前王之涣对同辈笑称："待此子所唱如非我诗，吾即终身不敢与子争衡矣。脱是吾诗，子等当须拜列床下，奉吾为师。"——纵然是相逢不相识，王之涣能有与歌女心神相通的自信，这大概来自于诗歌的魅力吧？

文学所能收获的，当然不只是天涯歌女乌黑眼眸中跳动的火花。唐代笔记有云，王勃能文，请他作文者甚众，以至于金帛盈积，故而人说王勃"舌织而衣，笔耕而食"。《唐国史补》另有记载，长安中人争相写作碑志，熙熙攘攘如同市场买卖，每有大官去世，则有人径直造访其门，甚至有喧嚷竞争，不由丧家做主的情况，当时裴均之子就欲以缣帛万匹，请宰相韦纯撰写父亲的碑志，被韦纯拒绝："宁饿死，不苟为此也。"——话虽如此，但换而言之，除了倚文为官可以捧得荣耀俸禄，文学自身，其实也能换取丰厚的报酬!《朝野佥载》的作者张𪩘，文章锦绣，屡次考试均拔头筹，时人称之为"青钱学士"，意思是其人犹如成色上好的钱币，万选万中。他所做的小说《游仙窟》，当时即被遣唐使带回日本，列为珍籍，史书记载"新罗、日本东夷诸蕃尤重其文，每遣使入朝，必重出金贝以购其文，其才名远播如此"。异域他方对文学的热爱，也以金钱的方式表现出来。文学的魅力，在那些使臣们的金锭上闪闪发光。

而在唐人的笔记里，这种对文学的爱好无远弗届，翰墨流芳又岂止于东海邻邦呢，即使在冥界幽泉，也可以不时见到诗歌酬唱的情景。陈劭的《通幽记》里就描写了士人唐晅与其亡妻的魂魄之相见。其间，二人缱绻宛如平生，一番温存后，唐晅慨然赠诗。出乎他的意料，亡妻亦在衣带上题诗回应：

晅闻，抚然感怀，而赠诗曰："峄阳桐半死，延津剑一沉，如何宿昔内，空负百年心。"妻曰："方见君情，辄欲留答，可乎？"晅曰："曩日不属文，何以为词？"妻曰："文词素慕，虑君嫌猜而不为。言志之事，今夕何爽？"遂裂带题诗曰："不分殊幽显，那堪异古今，阴阳途自隔，聚散两难心。"

妻子生前原本爱慕文辞，却因"虑君嫌猜"从未赋诗抒怀，而在这摈除了世间名利、无欲无求的时刻，能够于笔下一诉情思，"言志之事，今夕何爽"——在文字中表白阴阳相隔的思念，怎么能错过呢？看来，有了文学的滋润，才是"做鬼也幸福"吧。

　　这种诗意的重逢，读来让人动容。即使在幽冥之中，没有荣耀、地位、金钱种种与之相随相伴，而文学却依然能够如春花萌发、感人动情于一瞬之间，这才是它真正的魅力所在啊。

（原载《读书》2015 年第 10 期）

新缣故素

　　2015 年台湾电影金马奖的角逐，以《刺客聂隐娘》荣获导演、剧情、摄影等六项大奖而终于落幕。红毯上，一袭轻纱的舒淇，却与最佳女主角擦肩而过。她淡淡的蓝色裙摆，回旋于周遭的喧嚣热闹之中，像薄暮里轻烟渐渐飘散，让人想起银幕上那个寂寞的身影。对于该片，舒淇在其微博中有过一句感慨："其实是爱情故事加上一点点打架，一个很孤单的女子，如此而已……"

　　影片中的聂隐娘无声无息，只有面前飘拂扬卷的纱帘，让人感觉到空气的丝丝流动。她凝视着十三年前的爱人怀拥娇宠的胡姬，絮絮私语窃七对六郎的往日情意。夜色中一片宁静，导演的镜头牵引着观众的视线，追随田季安对少年时光的回忆，而让人容易轻忽眼前这并没有卿卿我我、男欢女爱的一幕。这，对于纱幔后沉默的聂隐娘来说，实在是很残忍。轻烟一般的薄幕，举手便可撩起，却像无法穿透的光阴，横亘在二者之间……

　　这当然不是唐代传奇里的本事，不过剧中的人物倒并非向壁虚构。裴铏的《聂隐娘》故事发生于魏博，在唐人笔记中就有描述——魏博节度使田承嗣跋扈，狠傲无礼，朝中郭子仪曾经遣使到魏州，田承嗣指着自己的膝盖对使者说："此膝不屈于人若干岁矣，今为公拜！"这一献出膝盖的细节，大概可以作为电影中田氏父子形象的历史解读——山中一日，世上千年，聂隐娘眼前的田季安髭须乌黑，面目张扬，随扈群从，美人在侧，早已为人夫、为人父，成了独霸一方的藩主，哪里还有她少年同伴的影子？在无可逆转的时光之行中，伊人已远，唯有记忆留存——而抱守着那点影子的她，纵然记忆千回百转，也终将无处可去，不过是"孤鸾舞镜"而已。玉玦昭示着对往昔的告别，聂隐娘静伺胡姬的寝处所欲了断的，是自己记忆中曾经奔涌却无可遣发的情意，仿佛从高高荡起的秋千一跃而入杏花深处，风止树静，从此了无踪迹。

所谓"新人从门入，故人从阁去"，新旧之间的徘徊，往往可以见出传统文化中女性被取舍、被左右的命运。"将缣来比素，新人不如故"，已将女性这种纠葛的处境与纵横交错的丝织物联系在一起。面对往日的情感，她们思绪百转千回，内心也往往如丝绸般柔软。

不过，也有例外。五代词人孙光宪曾于宦游中博采众闻，聚书手抄，他所著的笔记《北梦琐言》中，就描绘了这样一个故事——

唐代以家风著称的柳仲郢，曾官至节度使，他出镇剑南时，将家中的一个婢女在成都卖出，有西川大校盖巨源听了中介的话取其归家，连同女红之具也都随身带去，

"日夕赏其巧技"。不难想象,时当清风明月,女子擘线拈针,抛梭织锦,纤细的手指上下飞舞之间,团窠、双鹿等花样层出不穷,丝绸的光泽微微映在她神情专注的脸上,勾勒出娇俏的轮廓。对此场景,大概是一种美的享受吧。柳婢也因而颇得盖巨源的欢心,时常相伴左右。一日,盖公临窗观赏街景,见有卖绫罗者从窗下经过,便招呼进来,盖巨源在束缣中挑选、比较边幅的宽窄,揉卷搓捻,分辨织物的细密厚薄,掂量计算着价钱的高低……正忙着呢,旁边随侍的柳婢突然倒地不起,说不出话来,像是中风的样子。她示意将自己送回中介处,第二天却痊愈了。有人问是怎么回事,这位受宠的女子愤然回答:"某虽贱人,曾为柳家细婢,死则死矣,安能事卖绢牙郎乎?!"原来这是一出柳婢自导自演的诈病戏……

故事的末尾,蜀都人感叹:清族之家的礼数,岂是暴富的盖巨源辈所能知晓,难怪会落得个被柳家细婢嘲讽的境地!看来,男主人手持缣素,与小贩的那一通讨价还价,落在婢女的眼中,令她如此愤愤,俨然是旧家主人的熏陶所致。曾经出入于门风谨严的柳家,应该是那个丫头值得骄傲的资本。历史上的柳仲郢,累居要职,而尤以藏书知礼著称,他与其父柳公绰、其叔柳公权并称一门三杰。柳家重礼崇文,据柳仲郢的儿子柳玭整理过的家训,其中有"立身以孝悌为基,以恭默为本,以畏怯为务,以勤俭为法,以交结为末事"等语。孙光宪在读过《柳氏训序》后,赞叹道:"其家法整肃,乃士流之最也。"

　　以婢女身份之卑微，与主人身份之悬殊，来反衬非清家贵族出身者的粗俗，此种鄙视，是孙光宪《北梦琐言》这一故事的画外音。历史上的盖巨源，恐怕并没有如此不堪。据收藏于四川省博物馆的盖巨源墓志铭，盖氏的曾祖为骁卫大将军，他本人"职虽列于军戎，道每亲于儒墨"，可以说是艺业双茂，书剑齐声。所谓"攻笔札而八体是精，就典坟而五行俱下，故名儒之辞藻刊在贞石者，多请公之能事"，可见这位军中大校并非一介莽夫，他的书法精到，因此当时不少碑刻都请他书写，墓志中提及的数通碑文，据说皆系盖之书迹。这样的描述，很难与《北梦琐言》中那个锱铢必较的俗侩形象联系在一起。

　　关于故事中的男主人公，流传有另外的版本。宋人马永卿的笔记《嬾真子》收录了这一则传闻，说的却是柳氏婢被卖至宿卫韩金吾家，买卖尚在进行中，她从窗隙瞥见：主翁在厅事上买绫时不但把绫拿到手中仔细查看，还和贩子议价，于是同样来了这出诈病戏……这故事中的男主人为宿卫韩金吾，应当是一京城警卫。虽然男主的身份改变，细节略有不同，但女子的心性举动却是一仍其旧。作者感叹说："唐世士大夫崇尚家法，柳氏为冠，公绰唱之，仲郢和之，其余名士，亦各修整。"正因为柳家家法清高不为尘垢卑贱，所以即使是一婢女，也能因而感化如此，"虽今士大夫妻有此见识者少矣，哀哉！"此类感喟皆从婢女的举止言说世家的门风家法，转而引申批评当时士大夫妻的见识高下，慨叹的是世易时移今昔之变。

　　而元人陈世隆所撰的《北轩笔记》，也有这一"韩金吾"版本的故事。陈世隆家富藏书，祖辈在宋末即以书贾而能诗驰名儒林。他引用宋人笔记《嬾真子》版本的故事，然后加上自己的一句感叹："柳婢妾亦知雅俗，陶谷妾浅斟低唱，与雪水烹茶趣味自别。谁谓习俗不能移人乎？"这里提到的陶谷是五代宋初人，他的姬妾原本侍奉党太尉，后归陶。一日大雪，陶让妾取雪水烹茶，自觉风雅，得意地问："党家有此景否？"其妾回答："彼粗人，安识此景？但能于销金帐下，浅斟低唱，饮羊羔美酒耳！"她的回答以党太尉家的羊羔美酒，衬托了士人雪水烹茶之雅趣。陈世隆此处引用陶谷妾的典故，与柳婢事相呼应，强调所谓雅俗之间的不同，连家中的仆妾也受此影响。

　　笔记故事在口耳流传的过程中，种种细节多有增减变化，文字是否严谨更不同于史传实录。但无论哪个版本的柳婢诈病，明明要谈时世，论门风，相关的都是男子，却让女性出场，以婢女、妻妾来演绎申明大义，笔记中的掩映曲折值得细细思量。在这些着意于家礼门风的故事中，女性的角色，依据作者的本意是起衬托作用，目的在于给那些粗鄙莽夫于讥笑嘲讽之中补上一刀；但今日读来，无论男主是谁，更令人惊讶的却似乎是柳婢的举动：围绕着手中的缣素，她的言行与之前十指纤纤的柔弱，有着鲜明的对比。哪怕新主对自己欣赏宠爱有加，也未能影响其行为的决绝与果断——在电光火石一念之间，能立刻想出奇招伴装倒地中风以求摆脱主家，这反应何其迅速！婢女与家主之间，或许算不上什么男女之爱吧，不屑也好，不喜也罢，柳婢对命运自作主张的决定，着实令人印象深刻。这样的感受，大概是古代笔记的作者所未曾想到的吧。

在男性的视角与叙述背后，隐藏着怎样的目的与事实？文本的辨析细读，让今人在文字的缝隙里看见那些被遮蔽的光景。明暗之间，女性各种鲜活的形象姗姗而来。《太平广记》中收录了一篇《唐晅》，讲述唐玄宗开元天宝年间，阴阳相隔的夫妻人鬼情未了、一夕重逢的故事。值得注意的是离世数年后，听闻夫君唐晅独自悲吟悼亡诗，妻子的鬼魂因感动不已而现身，两人执手相对，缱绻恍若平生，说稚女，说婢仆，有着长长的一段对话。

妻子有感于夫君的深情不忘，但还是忍不住要问上一句：听说你已再婚，新人和我有什么不同？

一脸愧色的唐晅，无言以对。

"上山采蘼芜，下山逢故夫。长跪问故夫，新人复何如？"看来，古诗中新旧之间的那番纠结比较始终缠绕在女性心头。这样的问题应该很难回答吧——如此情深难忘于故人，却也并没有耽搁人世间的春风两度呀，面对从未料想会再度相逢的前任，该如何解释自己的"深情"与"薄意"？好在作者借亡妻之口给了唐晅一个理由："论业，君合再婚。"——业，是命中注定，还有什么比这更好的说辞吗？功业如此，命当二娶，谁道不应该？更何况，泉下故妻还说，感知新人很不错，为人平善，唐晅的续弦再合适不过了。

这种一夫二妇的情景如果还原到阳世，大概就是妻妾和美的画面了，这与唐晅的一往情深毫不违和。但倘若换成女性再嫁，又会是怎样的一种境况？这对阴阳相隔的夫妻在对话中也涉及此问题。由己及彼，唐晅问妻子，黄泉之境，是否也有再行婚配之事呢？妻子说死生同流，也是有的，不过"贞邪各异"——意思是各人心志不同，有忠贞不贰的，有思邪再嫁的，她在泉下亦曾受到家庭逼婚，不过自己矢志不渝，拒绝了嫁给北都都护郑乾观的侄儿。个中缘由，不言而喻是对夫君唐晅的一往情深了。听闻此番表白，唐晅抚然感怀而赠诗。这一鹣鲽情深的故事，以从未当面吟诗写作的妻子也撕裂衣带、在缣素上题诗留念而结束。

"阴阳途自隔，聚散两难心。"丝帛上的诗写得十分感人，不过仔细想来，二人之间不一样的情深，可以看出的是社会与婚姻中女性的处境。女子已经听闻夫君与新人如鱼得水，仍自愿以孤身独处为荣，并自我安慰说夫君再娶乃命中如此。而丈夫哪怕与后来人春花秋月夜夜笙歌，只要对故人留有一分思念，在文字中抒发"除却巫山不是云"，则成就一出情深款款的佳话。唐律规定，"诸夫丧服除而欲守志，非女之祖父母、父母而强嫁之者，徒一年"，由此可知非祖父母和父母，不能强迫守志的女子再嫁，而《唐晅》中这种对男性的宽容，与对自身的严苛，到底是唐代女性生活的真实景况，还是故事作者所寄予女性的想象与希望?

面对欢愉与孤寂的选择,幽冥中的丝帛未免带有神秘的色彩,而笔记中留下的历史画面同样引人遐思。

《大唐新语》记载,魏元忠的长子魏昇由于涉及宫廷的权力斗争,为乱兵所杀,而魏元忠也因此被人构陷。在此危难之际,亲家郑远却急于求得女儿的离书,"今日得离书,明日改醮"。这一看似夫丧妻醮的家庭事务,引起了殿中侍御史的愤愤不平,为此,他起草了对郑远的弹劾之状,说郑远纳钱五百万,将女易官。在他看来,郑远哪里是在嫁女儿,上演的不过是一场升官记——经历高宗、武后和中宗三朝的元老、两任宰相的魏元忠,其地位之高可以想见,与这位国相联姻带来的结果是:原本资质平平的郑远得了河内县令一职,而其子郑良也任洛州参军,"父子崇赫"。但在魏昇被杀、魏元忠身陷囹圄之时,亲家郑远不仅未加援手,反而诱骗"私离"——依照唐律,"夫妻不相安谐而和离",是允许的;但在夫婿已亡之时,诱骗得到夫家的离书,即意味着女儿不需为其夫守节。而且郑远变脸极快,仅仅一天之后就将女儿再嫁出去,侍御史对此义愤填膺:如果二人不和,原本就不应该缔结婚姻;既已成夫妻,理当生死与共,而"下山之夫未远,御轮之婿已周,无闻寄死托孤,见危授命……"所谓"下山之夫",即化用古诗中"下山逢故夫",指的是故夫,即魏昇;御轮为婚礼中的礼仪之一,御轮之婿,即指后来的新婿。辞旧迎新于一夕之间,更别提托孤授命之事了,实在是"滓秽流品，点辱衣冠"！

所谓"名教所先，理资惩革"，殿中侍御史对郑远的指责，着重的是伦理纲常与名教官品。而在这场易夫换姓、翻云覆雨的家庭变故中，我们看不到关于郑远女儿的任何叙述，更无从想象作为主角的她心绪何如。是否，她也曾临风悲泣，追念过往？面对父亲令其迅速改嫁的行为，她是只能俯首顺从，还是心甘情愿地离开？到底她是愿意做一位孤独的未亡人，还是背负可能的谴责去重新开始生活？这一切，我们毫无所知。缺失者的沉默，提醒我们的正是婚姻中女性被任意摆布的命运。那些男女间的柔情蜜意，夫妻间的相濡以沫，在政治官场的角逐中，在名与利的掩盖下，都消弭不见了。

而在敦煌文书里，民间流传的文字，倒让我们读到了唐五代时期柴米夫妻间一些可能存在的婚姻景况，比如这一份落款某乡某甲的《放妻书》：

盖闻伉俪情深，夫妇义重，幽怀合卺之欢，念同牢之乐。夫妻相对，恰似鸳鸯，双飞并膝，花颜共坐，两德之美，恩爱极重。二体一心，生同床枕于寝间，死同棺椁于坟下。三载结缘，则夫妇相和。三年有怨，则来作仇隙。今已不和，想是前世怨家。反目生怨，作为后代增嫉，缘业不遂，见此分离。聚会二亲，以求一别，所有物色书之。相隔之后，更选重官双职之夫，弄影庭前，美逞琴瑟合韵之态。械（解）恐（怨）舍结，更莫相谈，千万永辞，布施欢喜。三年衣粮，便献柔仪。伏愿娘子千秋万岁。

"放妻书"，是夫妻不睦，双方解除婚约，从丈夫角度允许妻子离开时双方所签下的文书。从这段文字，可以看出夫妻二人曾经相见两厌的无奈生活。不过，让人叹服的是：在这夫妻相离的文书中，丈夫并没有恶语相向，反而希望妻子"更选重官双职之夫"，琴瑟和谐，原本猫鼠同窠般的二人就此一别两宽，永不相见。为表示诚心，故夫准备了"三年衣粮，便献柔仪"，以物质的安顿，献上对前妻新生活的祝福。

从文书的性质来说，跨越唐五代至北宋的敦煌放妻书中可能不乏套语；但即使是活套性质的语词，也具备着文献的历史意义：这些民间流传的文字，应该是为当时社会所普遍接受的，文书所显露出丈夫对前妻的宽容，甚至包含一丝丝情意，我们宁愿相信这其中颇有几分现实的投影。不妨想象一下，时光流逝，待到那些被带走的衣物重又披上的日子，弄影庭前的前妻应当已是他人新妇了吧？走动摩挲中，丝帛发出细碎的声响，偶尔也会有些许故人的气息飘散。

也许，男女之间，爱情也好，婚姻也罢，从来没有"明月清风自相随"。新缣故素之中，萦绕着名誉、地位和价值种种的冲突计较，加上情感的左右掂量，往事并不如烟……

唐代的聂隐娘如此，现在也一样。

画中人

一

向来就喜欢沈从文，不仅因为从他的文字里读到故乡的方言，令我会心一笑，更源于他笔下有让人一见倾心的色彩和图画。而他本人也是爱动笔画两下子的，在《湘行书简》里，他问新婚妻子张兆和：

你不知见到了我常德长堤那张画不？那张窄的长的。这里小河两岸全是如此美丽动人，我画得出它的轮廓，但声音、颜色、光，可永远无本领画出了……

山水美得很，我想你一同来坐在舱里，从窗口望那点紫色的小山……我想要你来使我的手暖和一些。

春水碧于天，画船听雨眠，在洞庭溪上思念的人比起这美若轻愁的风景，更让人怀想不已。若干年前读《从文家书》，除了为人熟知的那一段"乡下人吃杯甜酒吧"的掌故，对大作家在人生后几十年中所写的书信，则更感兴趣。

1956 年 12 月，沈从文又一次途经湖南，他从长沙写信给张兆和，提起此次看到的会演中几位微笑态的家乡女孩，并不比中央的差，闻平时只在合作社做油纸伞，便不由得推测起人物未来的命运："那一位做纸伞的女孩子大致将来会成为自治州的文工团演员。如系过去社会，必然将为什么军阀收作姨太太，如系更新社会，应当选过中央歌舞团学习，或可望成为大电影明星……至于现在社会，只好将将就就，做民族文工团演员，嫁个科长，了事。"——嫁什么人，做什么事，这个令人回味无穷的"了事"，如谶语一般，无奈形容了那几个眉目清秀的湘西女孩子长短一生的命运。

但人生的轨迹，并不是少年可以轻言看破的。回首往昔，在那颗敏感的心里，他的三三曾让沈从文"心上发生一种哀愁，在感觉上不免有全部生命奉献而无所取偿的奴性自觉"，是让他想象"再过几年，我当可以有机会坐在卑微的可笑的地位上，看你向上腾举，为一切人所敬视的完人"如虹如日的女孩子。而在《从文家书》的后记里，张兆和这么说："我不知道是在梦中还是在翻阅别人的故事。"

少女时代的梦，朦胧有如水面倒影，风生涟漪，便动了分寸，变了情形，恰好用写意画中水气浸润的笔墨来形容；待到为人妻，为人母，暮涤晨炊，歌哭悲欢，再添上战火狼烟四方弥散，人生的一切真实，便一层一层晕染下来，用透亮的时光罩住，成就一幅线条清晰的工笔。

二

在画中演绎自己的人生，这是日本电影《序之舞》所讲的内容。故事也许平常，它以日本著名女画家上村松园的人生为蓝本，摹写了一个具有绘画天分的少女津也。这个京都老街茶叶店里的女孩，在她当初屏息提笔，试图用工整的线条勾勒出一个个美人的时候，或许并没有想到那些美丽的和服女子，在她们衣袂飘飘之外，会有一种生命的气息从画中人幽怨的双眸，微撮的嘴唇，卓尔不群的姿态里洋溢出来——那是她自己的一呼一吸渗透入画里。

明治时期日本的美人画除了从浮世绘中继续吸取养分，一些敏感的画家开始意识到了西方艺术拂面而来的清新之风，津也岛村的老师西内太凤就是其中的一位，他决定赴法学画，把自己的爱徒转托给另一位著名的画师松溪。

从师学习，或许是人们记忆中最美好的片段，夕阳西下、落霞满天，追忆畴昔良师益友连同自己的青葱岁月，往往是人生的一大韵事。当然，这也是一个好故事不可缺少的内容，是很多情节发生转折的契机，就像《基督山伯爵》里的爱德蒙，在法利亚长老的指点下，一年过去，他"迅速成长为一个新人"；也好比《射雕英雄传》中的郭靖，几个月下来跟着那个美食家洪七公学了大半套降龙十八掌……但是，对于津也岛村来说，纵然天赋生花的妙笔，却并未拥有顺理成章的机会。松溪留给她的并不只是画技而已，在一次示范课结束之后，津也兴冲冲地应约来到老师吃饭的地方——雨意蒙蒙的庭院之间，石灯笼里的光隐隐约约地透露出来，夜色中的一切显得格外湿漉浓重。松溪从怀中掏出一本小册子。津也以为那是老师要教给自己的什么画册，便取出随身携来的笔墨，舔舔笔尖，开始准备临摹。可是一页翻开，画中人物夸张的身体和欲望的流波撞进她的眼帘，津也"啪"的一声合上了画册——那是一本春宫图……几年之后，从法国归来的西内太凤怒斥松溪对于学生的所作所为，因为他知道如此渴望学画的津也不能不顺从松溪，否则，"不要说失去参展机会拿不到奖，连在画院继续当学生的资格都会丢的"。

在乡野阴冷的农舍里，当被母亲送来将要分娩的津也咀嚼着她的屈辱、孤独和贫寒的时候，她的手臂情不自禁地在农舍斑驳的墙面上挥动起来。地上拾起的木炭那粗大的笔触与她此时的心境或许恰好吻合，画中的线条如此有力，人物衣纹笔直，让人过目难忘，这个满怀悲哀、愤懑的女性形象，正是津也自己啊。在女儿被母亲远送他人之后，回到西内老师门下的津也重新开始了她的求学生涯。也许真正让她成长的不仅是西内带来的新的技法，人生的体验赋予了她笔下人物以丰富的内心情感，无论是外表雍容的贵妇，还是传统题材中的女子，她的美人画日渐成熟起来，在第五届日本画展上，津也获得了冠军，亚军是松溪。

面对松溪这个年长她二十五岁、曾让她倾慕崇拜的老师，津也又一次怀孕了。但这不是幸福人生的开始，而是松溪再一次深深的侮辱。她重新面临被逐出师门的命运，只能被迫用那惯绘女性的画笔，替画商制作春宫图……

与此同时，津也的女儿病死在寄养的地方。面对孩子小小的坟墓，津也的母亲再也不能无动于衷。她在海边找到了孤独一人的津也，把她接回京都，让她在家中熟悉的茶香里生下孩子……很多年以后，津也的一幅画作获得了教育部第一届画展的头奖。画展上，一个佝偻的白发老者站在这幅画前，久久不肯离去，那是松溪。衬着老人孤独渺小的背影，那幅巨大的油画简直称得上气势恢宏——画面上，津也母亲背着他儿子在生火煮饭。这一女性生命中司空见惯的日常情景，男与女，老与少，柔弱与刚强，强烈的对比表现得那么震撼人心，却又是欧洲抽象派的画风与日本美人画的传统的统一。而此时电影《序之舞》对于人物画与画外松溪二者大小明暗的对比处理，让人在震撼之余，仿佛还有一些弦外之音可以冥想——面对静默无语的画中人，松溪是否感受到了津也笔下的力量？

1941年，作为日本画坛第一位女性大师，上村松园加入日本艺术院，七年后获日本文化部奖章，1949年逝世，享年七十岁。

这部改编自日本著名女作家宫尾美登子小说的电影，获得了第二十九届亚太电影节（1984）最佳影片奖。剧中画面的美感，一如其所展示的日本传统绘画，故而当年的最佳艺术指导奖也入其囊中。此片中文译为《艺海深深》，虽然概括了津也岛村学画途中的山高水长，却也未免过于直白，失去了原名《序之舞》的余韵：曾经看过上村松园的一幅美人画《序之舞》（1936），画面上着和服的女子右手平举，神情肃穆，那是日本能剧舞蹈中凝神静气的一刻。据说，在日本能剧里，序之舞作为开始部分的舞蹈，宁静典雅，通常用以表现美女、贵公子等人的精灵——以此联想上村这位美人画家的丹青生涯，岂不平添几分象征的意味？

三

　　一笔一画在人生中定格，这是电影《序之舞》所带来的美感，它无关风月，不是女权，而是一段生命之过程的展现——所谓诗穷而后工，在人生的仄缝里去寻觅艺术那片世外桃源，或许会有更多的可能？

　　而面对生命中的平常与琐屑，流逝的青春，惧怕"从此平庸处世，做妻生仔的过一世！"（林徽因致胡适信中语）的，不只是一个人。

　　沈从文在后来的很多年里不再写小说，才华洋溢的大作家开始从古人的步履行间读解生命的美。捧着他那本厚厚的《中国古代服饰研究》，回想他的《花花朵朵　坛坛罐罐》，就忆起以前所读黄仲则的诗，以为那句"心如莲子常含苦"，恰如其分地抒写了一种人生的状态：苦心原来可以开放出芬芳四溢的花朵。在服饰研究的这本大书里，那些女子，与千百年前一样，在画中微笑，轻颦，沈从文在她们的衣裾披帛间所联想的，不知和故乡边城里的翠翠、身边的三三所给予他的，又有什么不同？或许，一如上村松园的美人画，人们在画中看见的不过是他自己。

（原载《万象》2008 年第 10 期）

出色抑或破戒？

不消说，李安的近作《色，戒》我只看了删节版，以此谈论这部电影之种种，总觉得有些盲人摸象的意味。虽然李安本人也说删去的就那七分来钟，但毕竟不是他原初完整的作品。于是不满足地找来张爱玲的原著，想看看游走于笔墨想象之间，那个王佳芝又哪般眼波流转、生姿摇曳？

一读之下，却觉得此色非彼色，这"戒"也不是那"戒"。可能是李安的电影先入为主的关系，看小说《色，戒》便不是那么单纯的阅读，时不时地会有片中人在文字间闪过。张爱玲的小说和李安的电影就好像源出一处、相貌差似的一对孪生子，虽然故事情节仿佛，但观后读罢予人的感觉却大相径庭。

细节上的区分自不必说，在我看来这种差别很明显的，便在各自作品中男女主角之间的关系变化。

小说结尾处，老易一脱险便一个电话打过去，不到10点连同王佳芝在内几个学生被统统枪毙，而归家的老易在人看来，那"脸上又憋不住的喜气洋洋，带三分春色"，因为觉着他与王佳芝"他们是原始的猎人与猎物的关系，虎与伥的关系，最终极的占有。她这才生是他的人，死是他的鬼"。王佳芝的死在老易看来是和他灵肉合一，终于"郎呀我们俩呀不离呀分"，但于读者，却能读出透骨的冷来。所谓伥，其实是一种鬼，被虎吃了以后成为虎的帮凶，在虎再次吃人时助以为虐。王佳芝显而易见是被这个男人吞噬了。在二人的终极关系中，她是附属品，是被吞噬后的依附——而老易对此前不曾想过的中年后的这番艳遇，颇为自得。文字的魅力尽可以表白这种令人毛骨悚然的冷，连张爱玲本人也说这正是她想要的效果。但一个拿捏生死簿的特务头子，一个演戏的女学生，强弱对比，透骨的寒意，难道不是顺理成章的事吗？

可在小说的前些部分，两人的关系处理并不是这样。张爱玲的文字，其中很大一部分是从王佳芝的角度写的，内心独白尤多：

刚才上楼的时候她倒是想着，下去的时候真是瓮中捉鳖——他又绅士派，在楼梯上走在她前面，一踏进店堂，旁边就是柜台。柜台前的两个顾客正好拦住去路。不过两个男人选购廉价宝石袖扣领针，与送女朋友的小礼物，不能斟酌过久，不像女人蘑菇。要扣准时间，不能进来得太早，也不能在外面徘徊——他的司机坐在车子里，会起疑。要一进来就进来，顶多在皮货店看看橱窗，在车子背后好两丈处，隔了一家门面。

对路径的推敲，对同伴行刺细节的揣摩，分寸的把握，谁能不说王佳芝此番算计是冷静甚而颇带几分专业？她知道这不是舞台，枪是不会隔老远就开的。与老易后来脸上的三分春色比，王佳芝此时的心绪也称得上猎人对即将到手之猎物的盘算了。

看不出这爿店，总算替她争回了面子，不然把他带到这么个破地方来——敲竹杠又不在行，小广东到上海，成了"大乡里"。其实马上枪声一响，眼前这一切都粉碎了，还有什么面子不面子？

枪声是王佳芝所期待的，但奇怪的是在这枪声将响之前的时刻，她还惦记着不能丢了面子，在老易面前。也就是说，她并没有将自己视为被动和弱势的一方，还是可以和他分庭抗礼，平分秋色的，哪怕这要争的面子也不过是属于虚幻的麦太太。

甚而至于，在两人的对话里，也看不出生死对决的双方孰强孰弱来：

"要回去了？想小麦了？"
"什么小麦大麦，还要提这个人——气都气死了！"

轻诮的口吻，是情人间的揶揄戏谑，让人想象他说这话时嘴角上扬，而她则完全是一副恋人面前娇嗔的模样。

所以读小说《色，戒》，是从这些带着人间男女情意的对话，加上女主角扎实坚硬的心理攻防，一路看来感觉二人的关系是平衡的，有权势的易处于明处，弱柳纤花的王在暗中应对。直到挑选戒指的那一刻，老易"的侧影迎着台灯，目光下视，睫毛像米色的蛾翅，歇落在瘦瘦的面颊上，在她看来是一种温柔怜惜的神气"。王佳芝突然意识"这个人是真爱我的"，于是，心下轰然一声，若有所失。且不说以为真爱她的意识从何而来，但这轰的一声，王佳芝此前的心理布防溃倒了，两人间的平衡就此打破，江河潮涌，堤决千里，直至荡然无存。小说的结尾，在众太太的喧笑声中，老易悄然走了出去，而王佳芝是早就走了，在她说"快走"那一刻……

小说《色，戒》里这种从平衡到倾斜，从人间男女至地狱虎伥的冷却感，是李安电影所没有的。恰恰相反，我以为片中的老易和王佳芝是从阴冷开始，最末达到了一种平衡。

试看二人初次幽会的情景。"这是去美琪大戏院啊？"磷磷的路面，湿冷的雨天，老易的司机意味深长地回头，都和接下来的这一场戏氛围契合。她轻拂台案，指尖搓去浮尘，合上窗，玻璃的反光赫然映出身后的老易。"噢！"的一声尖叫，"以后不许这么吓我！"。这话是有意思的。"以后"——这一次之后还会有以后，王佳芝明白。"吓我"，流露出了她内心的恐惧，想要他出现的那个人真的出现，却连影子也让她心生战栗。但二人关系展开的这一次，却是她始料未及的酷烈——内地公映的片子删减得最多的估计也就是这里了。对于一个从所有人眼里看到的只有"恐惧"两个字的特务头子来说，我以为这样的行为很符合他的心理。又不是心有灵犀惺惺相惜，又不是耳鬓厮磨相濡以沫，本来就是色诱，更何况一个是此中老手，另一个还别有所图，战战兢兢，哪里来的郎情妾意你侬我侬呢？以占有为目的，从他者见证自身，这场激烈的床戏在展现两人的关系上自不可少，梁朝伟的精干瘦小也正符合了这一角色的需要。可以说，在情节的开始，二人的关系绝对是老易占压倒性的地位。

但结尾呢？跳过中间的若干片段，将目光集中在影片中取钻戒的前后吧。二人坐车回到住处，老易让她先回去，他还有工作——"这么晚？"王佳芝一问柔情似水，意犹未尽。老易呢？取出信封，叫她明天替他办件事，"要保密！就我跟你之间"。夜晚的黑暗，老易嘴角含笑，眼睛里泛着光，煞有介事的托付，增添了几分神秘又有点悬疑的气氛。是被发现被怀疑了？！待她次日紧绷着脸到了信上指定的地点，却完全不像她和她同学所想象，名片送给的是个珠宝商。他从小丝袋里一一滚出钻石，同时也落下老易的赞美："他说你的眼光很独特，他不敢帮你挑选。"王佳芝的表情就好像在听天方夜谭，恍惚得回不过神来，以至于那个惯做买卖的珠宝商人不失时机地亮出他的宝贝，六克拉粉红钻石。都说钻石是女人最好的朋友，家底的殷实厚薄，男人的宠爱浅深，一开片麻将桌上众太太们的那番明争暗斗，早已将钻戒这一道具推到了此片的风口浪尖。"鸽子蛋！"王佳芝一声轻呼。她有点不能相信，本来是怀着牺牲的可能凛然而去，但老易的这一招却带来极大的心理落差。这个男人用他的特殊方式（实在是太有职业特点了），给了她一个大大的Surprise（惊喜）。女孩子的虚荣心多少有一点的吧，但更多的恐怕是吃惊？抑或有一分隐约的感动？到了取戒指的那个片段，她对老易那种百转千回的心理就表现得更为细腻了。

王佳芝还没下车呢，就是心神不宁左顾右盼的，老易倒很是沉稳地揽腰护着她走进珠宝店，像每一个陪着自己爱人的男人。"杰作完成了，"硕大繁复的粉红钻戒躺在丝绒盒子里，王佳芝屏了一下气，"你喜不喜欢我选的钻石？"老易微笑着："我对钻石不感兴趣，我只想看它戴在你手上。"这句话是很能打动人的。王佳芝的眼睛里有了薄雾，她停顿了一下，又咽了一口，其实是酸鼻了，这才戴上它。男人倒真是在欣赏她戴着戒指的手，看了又看，似乎完全没在意她的感动。王佳芝伸手想要摘下这颗六克拉钻戒，被老易阻止了："戴着。""我，我不想戴那么贵重的东西在街上走……"内心的挣扎已经在她言语中表现，行将落幕的刺杀戏还用得上这昂贵的道具吗？"你跟我在一起。"老易凑近来，神情很是认真纯净，让人想不起他曾有过的冷酷面容。"跟我""在一起"，这一句安慰，一种肯定，一个承诺，把两人的关系牢牢锁定在一起。王佳芝感动了——无论这种密不可分的关系是什么，无论这关系因何而生，为何而变，她和这个男人终于戏假情真。也就是这一句，让王佳芝彻底地放弃了，放弃了她内心的斗争，也放弃了三年以来自以为的目的，当然更放弃了她的同学，包括她自己的生命。她含泪的眼睛凝视着老易，目光凄美："快走——""快走！"

曲终人散的时候，内心纠缠挣扎不堪的老易回到了住处，上楼来到王佳芝的房间。他在床边坐了下去，轻轻抚过雪白的床单，好像和她的温存还有她的气息依然留在那里。太太上来问他，老易抬起头，灯光打在他苍白的脸上，眼睛里是泪，眼眶是红的。铛铛铛，钟声响了十下，那是他下令执行死刑的时限。一切已成惘然，他站起身来，影子投在她的床上，仿佛她还躺在那里，老易忍不住地回头凝望，也许，她还在那里，"你相不相信……我恨你"！两人的情感在这片雪白的床单上影子间终于达到了一种平衡与交融，无论这种交融你说是什么。

对于影片所蕴含的时代背景人物原型说的人不少。而如果从二人关系的角度来看，李安的《色，戒》比起小说来，确实改变了很多。这个低头流泪回眸凝视的结尾，与张爱玲笔下的让人寒冷刺骨的脸带三分春色，是完全的不同。虽然结局终究也是冷的，但正如日薄西山，暮色扩散渐渐浓重的寒凉，而天边仍映有些许红光，带来一丝暖意，那是落日的余晖，夕阳返照。李安毕竟没有像张爱玲那样写得决绝，而留下这抹让人回味。

《色，戒》到底说什么？同一个故事框架，张版和李版的不同源于何处？当然，文字与影像的艺术手段之分，本来就是两个版本异趣的原因之一。但从上文的解读来看，两个版本中的男女主角关系的变化又各自说明了什么？或者，是我忽略了，张爱玲小说的题目原本就是《色，戒》，显然是有其中的含义的。在李安的电影海报上，标题"色戒"二字的中间用了一个类似间隔的符号"／"，不知是不是小说题目中逗号的美化。英文标题采用了"LUST／CAUTION"，色，自然是情色相关，那戒呢？

也许由于中文里"色戒"这一词语连读已成习惯，所以人们更多关注的是影片中的情欲戏份。但如果只是普通的男女情欲，三级片多的是，想必不会引起如此大的争议。所谓"色戒"一词，本来是佛教用语，指的是出家人不得淫乱的戒律。这一词，倒让我想起冯梦龙《喻世明言》里《月明和尚度柳翠》的故事来——熟读中国古典文学的张爱玲想必是看过的吧。那倒也是个色诱和尚使之破戒的故事：由于新到任的柳府尹不满玉通禅师没来参拜，派了个官妓红莲去色诱他，假扮出郊奠夫的少妇投宿玉通所在的寺院，并以腹痛为由乞求禅师以身相暖，从而成功地破了老禅师的戒。本来只想取个物证羞辱一下这和尚，不料玉通因此竟自行圆寂了，这是柳府尹始料未及的。故事的下半部分讲的是玉通因而投胎柳家为女儿，堕入烟花之中，败了柳家的门风。而月明和尚显孝寺堂头三棒喝，指点她去识本来面目："快走，快走！走迟时，老僧禅杖无情，打破你这粉骷髅。"柳翠悟得前因后果，题偈云："本因色戒翻招色，红裙生把缁衣革。"坐化去了。

中国历史上文学上使美人计的故事，不计其数，非要说这一个和张爱玲《色，戒》一定有何关联，实在也缺乏证据。但或许可以因此联想一下此"色"与彼"戒"的含义。色，在《月明和尚度柳翠》这里是指满足自己身体欲望的色心，而戒，则是因笃信佛教，皈依佛门，信仰要求佛门子弟所必须遵从的戒律。玉通和尚因为顺从了"色"，违背了他多年所持的戒律，故而以圆寂为代价自我惩罚，虽然这破戒的结果并不是设计者所想要的。当然，玉通的圆寂也是为了报复，投胎为柳翠后，她放纵自己的身体美色诱人，目的却又是要破柳家的家声。而保持清白门风，这恐怕也是士大夫人家所应遵从的戒吧——又是一个破戒，结果亦是柳翠坐化了。

以此联想《色，戒》，我想这两个版本里的"色"，说的也是人的内在需求，是本能的东西；"戒"，是因为信奉某种信仰，从属于某种组织或团体外加给人的信条戒律。王佳芝和老易的关系，也正存在于这二者之间。一个是爱国青年学生，一个是投靠日本人的汪精卫手下的特务，男女主角显而易见属于不同的团体组织，非但不同，还正针锋相对，设计除之而后快。因此，在这样的环境下，违背所属团体的戒律所带来的后果就不再是玉通禅师的自我圆寂，而是刀锋一样锐利的你死我活了。

王佳芝是破戒了，不论在小说中还是电影里。原本计划好的一场爱国学生刺杀汪伪特务的大戏因为她的改变没有成功上演，却在开演前她自己的心里演了一出小戏。张爱玲写王佳芝"破戒"一段心理不少，但破戒的理由却很模糊，那个原本杀机心颇重的女子，是因为老易温柔的神气让她恍然他是爱她的，因爱而放他一条生路？是吗？张爱玲早就用了不少篇幅来辩白王佳芝对老易的感觉了：那种人间男女的情感表现，是她用心经营色诱的结果。

其实，在小说里描写王拿着戒指的时候，有这么一段话是值得注意的，"在这幽暗的阳台上，背后明亮的橱窗与玻璃门是银幕，在放映一张黑白动作片，她不忍看一个流血场面，或是间谍受刑讯，更触目惊心，她小时候也就怕看，会在楼座前排掉过身来背对着楼下"。从孩童时代就不愿看哪怕是电影里的流血和刑讯场面，用背转身的方式来回避残酷情景的王佳芝，难道不是在这个时刻再一次表现出了她本性里的软弱，用一句"快走"来结束她不想看到的一切？王佳芝的本性是懦弱的，游移不确定的，想当初加入这个爱国学生刺杀行动的初衷就不清楚，与这个组织并不紧密。青春的迷惘，加上时代动荡的大舞台，造成了人生如戏的错觉——"上场慌，上去就好了"。但随着行刺时刻步步逼近，她终于意识到将要上演一场真实的流血刑讯戏，她在这关键的时刻听任了自己的本性，放弃组织原定的计划倒也与此符合，破戒在所难免。这和她与老易的情色交合并无关系。

　　但老易则不同。李安用了很多铺垫，一步步来写这二人之间是未免有情的。王佳芝的美色，对于老易而言自然是个诱惑，顺从它，是老易的好色本能，但面对色诱背后附加的生命代价，电影给出了不同于小说的表现。在张爱玲笔下，老易个人的好色本性与他特务头目的身份并没有冲突，在王佳芝暴露自己以后，他的行动之果断充分证明了他身为鹰犬的称职。虽然他对自己辩解说那也是不得已，但如前所引，他对于王的死没有丝毫怜惜，却反而得意有了个为他送命的红粉知己——这种冷酷让读者明白：作为个人，他与所属的团体如此契合紧密行动一致，出于本能的"色"和外来的"戒"是合二为一的。这个"戒"要求将团体的利益置于一切之上，它漠视人的生存，漠视人的情感，漠视自己的利益之外还存在着更广大的东西，而老易绝不会有破戒的行为，这是张爱玲赋予他的冷。但梁朝伟演绎的易默成，他和所属的团体之间始终保留了一定的距离，李安增添了不少个人化的东西给易。还在香港的时候，他和王佳芝在浅水湾吃饭，对于交往的社会头脸人物的评述，"整天谈国家大事，千秋万代挂在嘴边，他们主张什么我不管"，已经表明了他对于这一圈内生活的厌恶，而王与他们的不同也正成了吸引他的一个缘由。最能表现他对于政治时局和自己角色的认识，则是在虹口日本馆子里："别看鬼子杀人如麻，其实心里比谁都怕……跟着粉墨登场的一班人，还在荒腔走板地唱戏。""戒"，是属于这个他并不完全认同的圈子和团体的。对国家前途和个人命运的认识，造成他与这些"戒"的疏离，他个人的本色也就有了更多发挥的空间和存在的余地。他与王佳芝之间不仅仅有男女交欢，还有生死冲突之后阴阳分界这样强烈的生命体验，因而李安的"色"，在这里就不仅仅是满足身体欲望的色欲，它还有属于人的情感。在个人与"戒"的疏离之间，"色"得到了更多张扬，人间男女的情感因素得到了更多的表现，而这也正是李安的电影里，会有那样一丝暖意的原因所在。

自然，男女情爱色欲，加上生死，往往可以构成一个内容丰富、情节入胜的小说或剧本，但生死的缘由，倘若只是一般的矛盾冲突，则亦仅限于情杀仇杀一类。可如果这生死再加上政治时代背景，诸如民族大义、国家利益，这种张力就更不一般了。所以李安片中"戒"的内涵，或许突破了冯梦龙的佛教信仰，而涉及 20 世纪这个最复杂多变的时代里错综异常的一段背景。此一背景，至今仍在延续，这也是自该片上映以来引起诸多争论的原因之一。本文的诠释意在探究——张爱玲和李安的"色"与"戒"，究竟是出色，还是破戒？

（原载《万象》2008 年第 2 期）

错　觉

　　在林立的都市建筑中，樟树往往给人以错觉：它绿影婆娑，在冬季清冽的阳光中闪闪烁烁，让人回想起夏天的蔽日凉荫；而在春意满眼草芽萌动的三月，乍暖还寒时分，风拂叶落，它的一地红黄，落叶纷杂间袭来樟木特有的清香，仿佛维瓦尔第《四季》曲里的秋日景况。

　　虽然樟树并不是上海的市树，但时光流转间引人错觉的特质，却也为这座城市所同有。走在衡山路一带的行人，心底念想的怕是那段老房子见证的旧时光；性感而骄傲地出现的新建筑，在怀旧者看来，它们不过是老弄堂们的梅香——但若是没了这些奢华装点的丫头，主角恐怕也不见得有如此明亮的登场，更不用说整旧如旧，甚至造出一番"新天地"，吸引无数叹赏的目光。在今天的上海，我们着迷于往日留下的吉光片羽；而昔时的沪埠，又凭借什么被喻为风华绝代的美人？

　　《我之小史》——一部不见著录的未刊小说稿本，准确地说，一部章回体自传小说，描述了19、20世纪之交一个从婺源山村走出的末代秀才、徽州木商詹鸣铎

（1883—1931）的生活历程。小说由詹氏后人收藏，现经王振忠教授整理，全书二十五回（总共约二十万余言）。作者对自己幼年趣事、青年入泮以及后来游走江浙，经商贸易，消闲娱乐，晚年专事塾教的人生经历，一一追忆。从婺源乡间到嘉杭商埠，以至上海洋场，终则返乡，……其间诸多史料细致入微，可补以往晚清社会史研究之阙。

1909年8月，赴安庆（时为安徽省府所在）考优贡失败的詹鸣铎，听说上海预备立宪公会附设有法政讲习所，当年下学期可以招生，心下以为"能如此，比考优拔多矣"，于是乘招商局轮船，前去上海，这是《我之小史》第十五回《考拔贡文战败北，投法政海上逍遥》的由来。

五光十色的大上海，对于这个此前游走于嘉杭之间的婺源秀才来说，正是风光无限：

我此番坐这船上，一日一夜过芜湖、南京而渐达上海。按上海为中外通商的地方，穷奢极侈，凡出门的，回家都道上海非凡之好，我平日久欲一为游玩，今日来到，如愿以偿。船及黄浦江头，见各种洋轮，各国兵轮，色色形形，触目皆是。傍岸之后，遥望马路之上，车马辐辏，……唤人力车直投北京路清远里来。一路之上，望见周道如砥，其直如矢，一时电车、马车、脚踏车、人力车分道扬镳，纵横驰骤，极为兴会淋漓。而外国人汽车一声放汽，其行如飞，加上速率，尤为异常轻快。洋泾浜一带，高大洋房有三层楼及五层楼，大都飞阁流丹，下临无地，真可谓居天下广居，行天下之大道。

　　上海的第一辆有轨电车，于1908年3月5日从静安寺出发，经现今常德路、北京西路、石门二路、南京路，直达外滩的上海总会（今东风饭店）。穿街走道之间，辚辚电车引起沪上居民的轰动追捧自不在话下，连据此拍摄的新闻纪录片，也在维多利亚影院上映数月而不衰。5月，法租界来往于华山路和十六铺之间的有轨电车亦正式开通。一年之后，这种沪上的新式交通工具，在初来上海的詹鸣铎的眼里，无疑是别开生面，给了他第一份新奇的感觉。至于与新兴电车并驾而驱的，还有马车、黄包车和自行车，它们各行其道，聚成了马路上流动的风景——黄包车又称东洋车，正如上海竹枝词所形容："东洋车子最轻灵，经过长亭即短亭。入坐便趋飞鸟捷，双轮迅可逐流星。"（辰桥《申江百咏》）而脚踏车的轻便灵活，在朱文炳的《海上竹枝词》中亦有描述："脚踏车儿最自如，飘然来去似凌虚。西洋女子尤能手，窈窕芳姿十五余。"但除此之外，最让詹鸣铎啧啧称奇的还是洋人的汽车，"一声放汽，其行如飞，加上速率，尤为异常轻快"。虽然上海1901年已输入两辆汽车，但直到1910年才开始颁发汽车执照，此间十年，汽车依然是行人为之瞩目的舶来品，生于乡间、往来市镇的詹鸣铎见此情景，想来或许会有井底之叹吧。

匆匆一瞥的街景，已令人惊艳，夜幕下的上海，则更让他目眩神迷："见各处高点自来火，齐上电气灯，有耀自他，春光不夜。马路来往的女子绿云扰扰，人影衣香，玩之不尽。我当时初到此地，孑然一身，形单影只，目迷五色，也不知游何处好。"虽然是初来乍到，詹鸣铎依然在闲逛中找到了当夜的消遣——他到了四马路，见有小游戏场，便买票而入。其中有影戏、滩簧两种，"唱滩簧的年轻貌美，影戏这个，我向日未曾见过，看他银幕掩映，太虚幻境，恍兮惚兮，其中有象，心内颇为欢悦"。所谓滩簧，据清人范祖述的《杭俗遗风》描述，它分五人为生、旦、净、丑角色，伴以弦子、琵琶、胡琴、鼓板，唱词为另编七字句的戏文，每本五六出，是一种演唱弹词俚曲的形式。这种咿咿呀呀、男欢女爱的民间演艺，与时髦的影戏（即电影）同为沪上游子的娱乐方式，在游戏场中一竞高下，似乎正是新旧并迭的象征，颇令人玩味。1908年，西班牙商人雷玛斯在虹口的海宁路、乍浦路口建起了上海第一座电影院虹口大戏院，放映西方影片。而此前的"影戏"多为国外输入的短片，在游艺杂耍中穿插放映——像詹鸣铎到上海的第一夜，在小游戏场内看到的，就属此类吧。饶是如此，也已让从未见识电影为何物的他欣喜不已。看过西洋景的主人公，并没有在四马路（今福州路）的小游戏场内流连淹久，也许是信步而至，抑或有心为之，詹鸣铎就近逛过夜深人散的青莲阁，便为路柳墙花邀去，粗粗领略了一回海上风情……

在《我之小史》中，詹鸣铎对于自己的艳遇一无所讳，但作者想要表明的似乎不在于其行为本身，而是点明我行我素的态度，以及小说内容全为"信史"的真实性。该书似乎受到李伯元《文明小史》等晚清小说的影响，《文明小史》单行本于1906年刊行，它所描写的地点，不是某一省、镇，而是湖南、湖北、吴江、苏州、上海、浙江、北京……一路写来，以守旧的湖南与维新的湖北、上海等处相对照，此小说后来受到阿英的极力推重，被认为"全面反映了中国维新运动期的那个时代"。虽然《我之小史》一书就其结构文笔而言，或许与李伯元所作相差甚远，但以个人经历写婺源，写石门，写练市，写杭州，写上海，"移步换景"的做法则颇与《文明小史》相似。而《我之小史》在反映社会实际的方面，更是异常真实具体，这与作者的"信史"态度不无关系。除了《我之小史》以外，詹鸣铎还有日记、词稿等存留于世，与小说内容颇可一一照应。这种对于真实的追求，使得近百年之后，我们能在作者纷繁细琐的叙述后面，体会当时的社会氛围，感受到辛亥革命以前，身处上海这个得风气之先的大都市中，扑面而来彼此交织的新风旧雨。

詹鸣铎到上海是来投法政讲习所的。传统的仕路一途受挫之后，所幸新的时代为他提供了经世治国的另一种可能。根据作者的交代，这一法政讲习所，由上海预备立宪公会举办，教员有四位：校长为郑文虎，福建人，系孝廉出身，是郑孝胥之侄；另有殷叔详、章篆生和钱印霞三人。学员约计四五十人，后添至五六十。在《郑孝胥日记》里，记载有这一年秋天讲习所的开学时间："（宣统元年七月）廿五日（9月9日）。……午后，赴法政讲习所，行开讲式。"上海立宪公会这一法政讲习所的设置，与清末法学教育兴起的背景密切相关。随着西学东渐，国外法学著作的大量译介，开办法律学堂、以使通晓法律者可以佐理新政的要求日见迫切，1905年清政府创办京师法律学堂，1909年学部又奏准法政学堂可以私办，由是各地风生水起，法科学堂一时林立。在开埠已久的上海，像法政讲习所这类学堂自然应运而生，这正是詹鸣铎前来就学的背景。而从其中的课程设置，则不难看出这一学堂应时而设、与时俱进的实际意味："行政法、法学通论、经济学、财政学、民法、警察学、宪法、西洋史、欧美日本自治大观、地方自治制、城镇乡地方自治章程。"其中城镇乡地方自治章程，即为当年1月18日由清廷所颁布，其中规定全国城镇乡皆自六月初一开始，一律设立公所，并制定每月一会，为通常会；有事则随时开会，为临时会。根据这一章程，上海成立了城自治公所，并于次年正式选举，这正是上海市政厅的由来。

而作为法政讲习所的学生，每天上午8点钟上课，12点半下课，下午2点钟上课，4点半下课，早晚时间，则以自修，詹鸣铎颇觉日无暇晷。从其规定来看，这一学堂还是比较严格的，但每逢星期休息，可以游玩，所以上海各处的风景，他亦得领略太半。这从詹鸣铎对上海一地开列的游览指南可以得见：

　　世界繁华，确是日新月盛。当日以我的经历，觉得电光影戏，以幻仙为最（在大马路跑马厅），美仙次之（在四马路）。戏台以新舞台为最（在十六铺），群仙次之（在四马路，系髦儿班），以下则同春亦颇可看（在宝善街），及后文明大舞台开幕，则驾新舞台而上之。至饮食则广东宵夜，不但较番菜便宜，且较诸徽馆、苏馆、南京馆、宁波馆尤为公道。雅叙园为徽馆，小帐太大。茶馆以奇芳（在四马路）、文明雅集（在三马路）为上流社会集谈之所，而青莲阁、升平楼（在四马路）则不屑到。书场以小广寒为最，琴仙次之（均在四马路）。浴堂以耀龙池（在大马路）为最，沧浪亭（在大马路街中）、华清池（在三马路）次之。烟馆以信昌祥为最（在四马路），易安居次之（在大马路后，十月初九与西人叶议禁止），由是而之焉。凡愚园、张园（在静安寺路）以及城内城隍庙、城外外国花园，亦皆亲历其境。此外则东洋戏法（即大郎仙戏，在四马路）、文明游戏园（在四马路）以及弹子房打弹、跑马厅跑马，虽皆可观，而尤足以纪念者，则莫如出品会与运动会。

这种类似于今日娱乐指南的单子，或许并不须詹鸣铎亲身经历才能开出，因为《上海指南》作为上海的第一部导游书，内含游览食宿诸多条目，其初版已于1909年5月由上海商务印书馆发行，至1925年前后共刊二十五版，由此可见其普及之规模。而此前的《上海游戏图说》《冶游上海杂记》等亦为通行的娱乐指南。初来上海的詹鸣铎，纵然在时间、金钱上都有条件——领略沪埠风光，并逐个品评，但这类吃喝玩乐的小册子或许亦曾为他那样的"来沪青年"揣在怀中，一解迷津。

至于他觉得"尤足以纪念"的出品会，根据郑孝胥的日记，即于1909年11月21日在张园召开。上海此次出品会，名为出品协会，是为了协助南京出品大会进行之意。事实上自五月协赞会成立以来，郑孝胥多次参与此事，开会之日上海道的演说辞亦出自他手，22日他也前往张园观看出品协会。对此，《我之小史》这样描述：

> 那会开自张园，搜罗毕备，另设电车，以备游客坐往观赏。电车之上，设五色电灯，嵌"中国出品大会已开"八大字，夜间光耀一片，的是好看。外仍着一班人，手提纸牌，马路上走来走去，牌上亦书出品会的好处，路头遇人，随送传单，传单上亦言出品会的好处。县城门首购券，小洋四角，车上购券，不索车赀，其欢迎可谓至矣。

这是詹鸣铎笔下当日张园出品协会的宣传情景。在哈同花园建成以前，位于静安寺的张氏味莼园名声鼎盛，是旧上海"无人不道看花回"的一处名胜。正如竹枝词里所形容：

> 一鞭斜照味蒓园，北里名姝笑语喧。大好舞台真第一，四时佳兴样新翻。（朱文炳《海上竹枝词》）

除了可登高一眺的安垲第，张园内遍设各种游乐设施：书场、滩簧、髦儿戏、弹子房等。而1909年中国物品陈列所（时称赛珍会）从四马路迁入张园，这里成为物品展销之处，故而上海出品协会亦在此召开。

这一天，詹鸣铎和同学二人，坐电车前去观看。只见其中红男绿女，纷至沓来，而其所出品的东西，则草木鸟兽、奇珍异宝，无奇不搜。"盖出品云者，无论何种物件，何种技艺，皆可以出列当前，以备博览君子品论，所以字画古玩、洋广杂货，皆设在陈列所之中。"甚至山东佬的精演拳棒、林步青的改良双簧，也与松江机车、无锡灯船一起，在展览之列，让人应接不暇。而各家洋行的电光广告霓虹闪烁，留声机里扬送轻歌曼曲，詹鸣铎不禁感叹古人的"游目骋怀，足以极视听之娱"，实足以当此，"彼披《山海经》，读《博物志》，不过纸上空谈耳，夫岂若于吾身亲见之哉？"——一种身处海上，先睹为快的情绪油然而生。

让他日后记忆犹新的展品，其中之一为西方的瓷器："种植学则有洋磁的瓜果，如黄瓜、南瓜、辣结、茄子、扁豆等物，无不象形惟肖；生理学则有洋磁的模特儿，并另设心肝脾肺肾血气管心绹络，可以研究解剖功夫。"而后来令詹鸣铎感慨的是，他听说南京召开的出品大会上，江西景德镇贡一奎星，"高长笨重，惟口中铜丝略略活动，真无趣味，领不得奖牌"。相形之下，"那比得这个瓷器出色当行，别开生面。江西景镇为出瓷器的地方，其陈列不过如此，闻者惜之"。《我之小史》里对于国瓷不敌洋物的惋惜，或许正是当日的现实。曾几何时，作为中国特产输出的瓷器，风靡欧洲，它被马可·波罗比作一种"小贝壳的珍珠质"，其成分及制作工艺在很长时间内是西人的一个不解之谜。而这个秘密的泄露，则在景德镇堂区的法国传教士殷弘绪神父（d'Etrecolles 或 Dentrecolles）1712—1722 年所写的书信中可见端倪。由于基督教信徒中包括有景德镇瓷窑的工人，传教士们将中国瓷器制造全过程绘制成图，甚至寄回高岭土的标本，以便法国人在本土找到类似的原料，从而制造出欧洲的瓷器（关于这一点，可参见朱静《洋教士看中国朝廷》和伯德莱《清宫洋画家》二书）。时光流转，伴随着西方的坚船利舰，洋瓷在 20 世纪初的中国，似乎也有了不一般的地位。虽然景德镇的陶瓷在国内仍首屈一指，但从上海竹枝词里"外洋各物胜中华，制造精良蔑以加"，以及称赞洋货"磁器琉璃光皎洁"之语，我们可以看到西方瓷器俨然已成了高档品的代名词。李伯元《文明小史》全书开头从封闭落后的湖南安顺地方写起，事件的起因即是店小二父亲不慎摔破了洋人的一只茶碗——

地保就从怀里掏出两块打碎的破磁片子送了上去，说："那碗是个白磁的，只怕磁器铺里去找还找的出。"知府取过来仔细端详过一回，骂了一声："胡说！"说："这是洋磁的，莫说磁器铺里没有，就是专人到江西，也烧不到这样。这事闹大了！"

烧不到洋瓷那样瓷器的景德镇，就像大而无当的奎星作品，留在詹鸣铎的记忆里。这种新与旧的比较，在当时的上海恐怕是无可避免的吧。在时时感受到西方文明冲击的同时，对于中国传统文化的隐忧，在一介乡绅那里，竟也流露无遗，由此可以想见当日的人心波动。

而让詹鸣铎不能忘情的，还有运动会一项。据小说第十六回，运动会开于徐家汇两等实业学堂，詹鸣铎得到入场券，与同学友人一同观看。参加的有"大学堂、中学堂、小学堂，并务本、爱国二女学堂，以及男宾、女宾，各有位次"，而表演的项目主要是团体体操。虽然《我之小史》中议论"其体操也，大都运动血脉，有益卫生，如中国向日之《益筋经》《五禽图》，仿佛相似。而兵式步操，尤觉有条不紊"，但更让他感兴趣的却并非运动会强身健体的内容，而是"女学生或一色红呢，一色绿呢，打扮得庞儿越整"。爱国女学、务本女塾，这些创办于上海的女学，希望以女子教育为基础，实现男女平等，但从詹鸣铎的眼里看去，"打扮得庞儿越整"的女学生，才是运动会的真正乐趣所在。至于学生们最后在游戏体操中表现出来的爱国情结，如扮瓜分形象，用一西瓜，以刀切之，又一人手提一旗，大书"黄祸"，看来并未在詹鸣铎的心里留下深刻印迹。他关注的是一任先生扮一妓女，尤出风头，大家鼓掌不置，而"愚谓女学生舒皓腕拍素手，尤为可观焉"。

在女学生们的掌声中颐然颔首的詹鸣铎，对于上海的探索似乎也到了尽头。一个学期过去，流连于饮食男女的他，因为功课荒嬉，甚至考试暗中夹带，法政讲习所并没有给他以结业证书，他愤然离舍，与上海作别。从高昌站坐上沪杭线，脚尖冻得麻木，身后远远抛走的是上海这个繁华胜地，文明之都。什么西洋史，什么民法，似乎与这位婺源秀才不再有什么干系，他自我调侃是"考优就学两无成"了。

但回到庐坑乡间的他，却正由于在上海法政讲习所沾染了文明的空气，与其他乡绅在次年（1910）筹备了当地的自治公所，所谓第十六回《游沪渎赏烂漫春光，办自治结文明团体》之意，他所学的地方自治章程就此也派上了用场。而在其后的二十一年之中，他在家乡以乡绅塾师自居，于村邻地方上的纠纷诉讼多有干预，这除了徽州人"健讼"的特色以外，或许与那几月间"偶然涉猎于各种，未有切实功夫"的求学经历有关。1909年的上海，正是诸多新兴事物层出不穷的时刻，酝酿于空气中的变革之风，混合着往昔的尘土，对于詹鸣铎来说，他到的正是时候。但短短几月的游学上海，他是否以为这个城市的风景已尽收眼底？在《我之小史》中，詹氏曾回眸上海，作了一曲《海上歌》以纪其实：

　　曾闻海上最逍遥，一代烟花胜六朝，多少游人述其异，此中够得旅魂销。今朝我亦到此地，果然满目风景异，别开生面非人间，靡丽纷华为第一。行舟初及黄浦滩，洋轮多少贮其间，中式西式形不一，依然跌宕推波澜。移船相近旋登岸，楼阁玲珑美轮奂，居在广厦千万间，一带风光何灿烂。风光灿烂喜无边，坦坦平平一览然，周道如砥直如矢，果真无党且无偏。无偏无党堪驰骤，快马轻车看辐辏，大都兴会皆淋漓，一般竟把奢华斗。宵来一片火光明，到处真如不夜城，谁家上界紫云曲，何处钧天广乐声。野花一路妖娆甚，人影衣香看不尽，别有肩舆去如飞，蜡照半笼随接引。夜如何其夜未央，家家醉月漫飞觞，唔歌唔语浑闲事，并坐佳人为鼓簧。此中别有豪华客，挟弹飞花闲不得，一般年少尽翩翩，一掷千金曾弗惜。千金不惜更寻春，前度刘郎重问津，姐妹一群惊艳绝，前身合是采莲人。到此盘游果无度，弃掷迤逦终不顾，金钗十二等寻常，一食万钱何足数。中外通商此一家，五方杂处最繁华，耳之于声目于色，无非世界空花花。君不见，阿房宫起咸阳府，多少清歌与妙舞，曾几何时俱是空，楚人一炬成焦土。到此奢华巳到头，春江花月胜扬州，寄言浊世佳公子，乐极悲生休浪游。

虽然以警告之句结束，但铺陈的华词丽句之间，只见得他对于都市喧嚣的留恋。在惊奇于种种文明的同时，他醉心的还是上海的花间酒巷——好一个春梦了无痕啊，难道这座城市的夜色繁华，依然是《花间》《尊前》的年景？

这种眼花缭乱的错觉，连同那个世纪的暗尘旧土、年少轻狂，渐渐如三月里的樟叶飞扬殆尽；饱绽的新芽在润泽的空气中滋长起来，延展华盖如云的风景。我说的这是詹鸣铎匆匆一瞥的上海，还是眼下这座让人怀旧而眺望的城市？

（原载《书城》2006 年第 7 期）

纸上茶香

　　不知从何而起，江南小曲"好一朵茉莉花"已然成了中华国乐的代表，这朵洁白的小花也随之香飘海外。婉转轻快的紫竹调，颇让人生发出几分联想——清新的花朵在暮春的梅雨烟笼中随波荡漾，那种沁入发丝衣袖的芳香，飘散着水乡女子的清秀和婉约……

　　而在技艺娴熟的制茶师傅那里，茉莉的馥郁一经窨制，则层层叠叠融入脉脉茶香，经久不去。这种花与茶的契合，是色与味的叠加，就如秀丽的采茶女子立于新绿萌生的茶园，双手掠过枝尖嫩芽，如粉蝶翻飞。

　　一个多世纪以来，这种出自清人茶客想象的美女采茶图，便时常见于月份牌和招贴画。就如眼前这一纸红色招贴上，纤腰一束，手提竹篮的采茶女短袖花旗袍下露出一弯藕臂，娇俏的短发卷垂于耳边，悠然的神情，显然不是茶园忙碌生产的实景，但将其应用于商业广告，则不言而喻有着悦目怡人的效果。

　　采茶图的上端，有"方福泰茶庄"字样以及福字商标，右侧曰"本号向设杭城联桥西首三层洋房，发兑名茶徽漆"，并写有电话号码。图画下方小字称"兹于戊辰秋改建高大洋房，并杜假冒，特加福字商标"。黄色招纸四边长约二十厘米，包装茶叶时四角一经上折，红色福字商标，正好位于四方形茶包的上方，极为醒目，不失为包装设计的一份巧思。"戊辰"当即一九二八年，由此可知，这张招贴是二三十年代设于杭城的徽州茶号方福泰所用。根据茶商所写的回忆，民国期间，杭城一地的茶店茶行多达七十余家，其中绝大多数为徽人所开，"方福泰"乃其佼佼者，拥有店员数十名，经理为徽州五渡人。

云雾缭绕的黄山白岳孕育出诸多名茶，祁红屯绿，早已享誉海内。而黄山脚下的歙县，亦为产茶胜地，佳茗颇多。五渡，就位于歙县北岸乡东南。随着新安江上帆樯穿梭，一带春水载去了各色名茶，徽州商人的茶行也在西子湖畔星罗棋布地铺展开去，从这张招纸下方所列货品名色即可看出：

本庄自运各省红绿名茶，龙井、莲心、松萝、武彝、三熏珠兰，六安香片，洞庭碧螺，黄白贡菊，白莲藕粉，徽严生熟名漆，货真价实，遐迩驰名。

其中的"莲心"，可能是指徽州潜口紫霞所出的紫霞莲心茶，它色泽银绿油润，回味甘醇，《江南通志》称其："色香清幽如兰，新安家家制茶，以此品为最。"而松萝茶则更为知名，据说是由明代大方和尚创制于安徽休宁县松萝山之松萝庵，此茶条索紧卷，有橄榄香味，为世人所重，郑板桥曾有诗曰："最爱晚凉佳客至，一壶新茗泡松萝。"而随着松萝制茶法的传播，这一名称也逐渐为徽州出产的绿茶所通用。至于三熏珠兰，指的是花茶中的珠兰花茶，三熏当指窨制之精。歙县一地出产三种花茶：珠兰、茉莉和白兰花茶。茉莉产于深渡、北岸诸乡。至于珠兰，这一香料植物原生于闽、粤，清代乾隆年间被引种歙县，民国初始用于窨制花茶，为北人所爱。虽然在文人雅士看来茶有真香，以花入茶乃夺其真，但正如将采茶与美女二者融为一图，袅袅茶香加上花姿花韵在大众看来还是别有风味的，香片在北方尤受人喜爱。有资料统计，歙县一地所产的珠兰花几乎占了全国珠兰花的大半，民国时期山东客商专来此地收购，以为此处所产珠兰香味移时不改，一仍其旧，最宜制作花茶。此外，与制茶相关的还有菊花，与五渡相邻的金竹岭所产贡菊，早在光绪年间已进奉宫廷，被尊称为贡菊，入药入饮俱佳。方福泰茶庄招贴画的左侧便有关于贡菊的特别说明，"黄白贡菊，加工精制，遐迩驰名，蒙赐顾者，认明勿误"，并附有当时的电报挂号。显而易见，来自家乡徽州的黄白贡菊是方福泰茶庄的主打商品，因其质量上乘，为防假冒，还特别制作了福字商标以表明正宗。

至于招贴上所说茶庄出售的徽严生熟名漆，当系徽州和严州出产，天然所产为生漆，而经日晒烘烤、水分挥发的称作熟漆。茶店兼卖漆，这在当时颇为通行，陈从周先生在《梓室余墨》一书中就曾提及此俗："童时见徽商茶叶铺皆附有徽严生漆之市招，徽指旧徽州府治，严指旧浙江严州府治，盖当时茶叶铺皆售漆也。"徽州有一种柿漆即采自柿实，可以用来涂油伞绵纸。而严州府治在今建德，位于新安江的下游。从徽州深渡至浙江杭州，沿新安江水路恰好经过严州此地。精于算计的徽商遂借一水之便，将运茶沿途各处的特产比如严州漆，捎至杭城售卖，可以额外获利。

而龙井，自然是西湖所产，正所谓："黄山之茶绝清俊，如苦吟客兼甘辛。龙井乃如病西子，天然秀逸美在鞶。祁门红茶更何似，浑金璞玉羲皇民。"——许承尧的这首《谢玉田馈祁门茶》，将黄山绿茶、西湖龙井和祁门红茶一道品评，称它们各逞秀色，西湖龙井亦随之与祁红屯绿一道成为杭州徽商的经营之物。再加上水乡盛产的白莲藕粉，这种故乡风物与侨寓之地特产相结合的经营内容，可以看出地域文化在商业贸易中的融合与交流。在此招贴画上，矗立于茶园远处的保俶塔格外醒目——莫非，徽州茶商以此表明所售龙井亦是真货？

招贴本来是商标兼广告，但在当时也是包装的一种。茶叶贸易中的大件以箱装以箬包，而小物则多用匣盒，比如宣统年间程淯所作《龙井访茶记》即曰："茶既焙，必贮甏或匣中，取出窑之块灰，碎击平铺，上借厚纸，叠茶包于上，要以不泄气为主。"这里提到的窑灰，应当是作为吸潮之用，避免茶叶品质受损。方福泰招贴称茶叶"装就瓶篓概不退换"，可见大宗的茶叶容器是瓶篓。若客人所买以两计，茶叶则以纸包。根据陈从周先生的回忆，传统商店包装中纸包的形式有尖角包、三角包、高脚包等，而用作礼品者外面另加红纸，一般较大的纸包外均有红色的招纸一张——这张方福泰茶庄的红色招纸，亦当为此类用途。

有意思的是，招贴画上那幅美女采茶图的作者即方福泰茶庄的主人——画上有印曰"秉卿"，并称"方福泰主人笔意"，可见这位茶商略通书画，倒也符合徽州人亦儒亦商、雅好文墨的特色。从其纸面光滑且无折痕来看，这张招贴恐怕还未被使用过呢。记得数年前从徽州小店中将它与其他散件一道买来，联系皖南刻书印刷业的繁盛，方福泰茶庄应该是在当地印此招纸，随茶赴杭的吧。

随着岁月漂泊，方福泰茶庄怕是早已湮没无闻了，但透过招贴画上的丝丝缕缕，倒隐约可以闻见这纸上的茶香，那是青春姿态的女子手中所挽的茶篓，还有身后层层匝匝的茶田飘散出来的气息和余味：

> 细雨霏霏社鼓哗，
> 松萝山顶绿云遮。
> 杜鹃来唤春归去，
> 先听村娃唱采茶。
> …………

风流传诵，不知道新安江畔的采茶姑娘，是否在采茶之际曾哼唱那一曲"好一朵茉莉花"？

（原载《万象》2008 年第 4 期）

奁谱·礼金·婚俗

在《围城》的末尾，钱锺书先生写道——那只祖传老钟铛铛打起来，仿佛积蓄了半天的时间，待至夜深人静，搬出来一一细数，无意中包含了对人生的嘲讽与感伤，深于一切语言、一切啼笑。而穿过岁月的烟霭，留存人间的什物，总能勾起人们对于畴昔往事或多或少的遐想……

一份清代道光年间的徽州奁谱，从子孙前后相承、书商小贩的辗转流通，到百余年后陈于我案，不知几易其主。它有十六开大小，以细绢装裱；封二封三印有同一幅麒麟送子图，以黑线勾勒而成。内纸染作红色，天头地脚处有并蒂莲花的吉祥纹样，红黑相衬，显得又喜庆又肃穆。在它的末尾，奁谱的主人记下了这样的一段话：

此湖田汪征君艺海先生（讳允中）为余内子所书奁谱也。先生为内子族兄，精八法，与曹念生、王鼎祚同时角逐名场，举孝廉方正不就。忆自道光壬寅孟春迎新，迄今四十又五年矣。庚辛之乱，遗业罹劫，藏书遭毁，何幸斯谱独存！偶一披阅，匪惟庆余与内子白头健

在，且喜征君之笔墨如新也，为之一快！因述数语于
后，愿我世世子孙珍而藏之……

光绪十二年岁在丙戌小春月秉烛率书

林下老人撑梅仙漫识（时年三百七十二甲子）。

这册奁谱的背景，由此可知一二。撑梅仙写下识语
的，是四十五年之前他的新婚妻子陪嫁所用奁谱。"庚辛
之乱"，即太平天国时期的兵燹战乱。在此期间他家业遇
劫、藏书遭毁，而战乱过后，这本记录当年风光的小册子
居然独存于世，在林下老人看来不能不算一个奇迹！是青
春过往的遗留？抑或过眼烟云的见证？也难说不是他心目
中夫妻白头偕老的吉祥象征！撑梅仙指望着这本奁谱能被
子子孙孙辈辈珍藏……推算甲子，从道光壬寅（1842）到
光绪十二年（1886），青春十七的昔日新郎，已成了笔迹
老到的长者，那位满头珠翠的新妇，怕也已霜侵两鬓；
但四十五年的光阴，其中还包括了太平天国的战火，却并
没有在这册奁谱上留下太多痕迹——至今它的笔墨依然清
晰，红纸尚未褪色，厚厚的一沓子，让人掂量起当年陪嫁
妆奁的殷实，也令劫后余生的主人油然抒发人生几何的一
声喟叹，落墨于后。而百余年后读者如我，在奁谱的逐页
翻检中，思绪似随风而至，穿门入户，拂开大红的百子门
帘，瞥见洞房深处泛光的描金家什顾绣锦垫，而撩起新娘
头上的罗帕一角，还仿佛触摸到沉甸甸的凤冠霞帔下不安
跳动的心。

奁谱的抄录人汪允中，是新嫁娘的同族兄长。据民国《歙县志》，汪允中字艺梅，是歙西塥田人，工行书。与他同时的曹应钟（字念生），亦是歙县雄村人，于咸丰元年（1851）举孝廉方正。其人"善画篆，书尤雄伟，长于《说文》"，著有《九千三百五十三字斋印谱》和《金石过眼录》。而识语中提到的王鼎祚也见诸《清人室名别称字号索引》，歙县人，室名（？）驻春轩。从上可知，奁谱所录为清代道光年间安徽歙县汪姓家族一位女子的嫁妆。而由奁谱提及的地名来看，雄村位于歙县的水南（新安江畔），此处为清朝著名的大官僚曹文埴、曹振镛父子的桑梓之地，人称"宰相故里"，它与西乡的塥田在明清时期均为盐商巨子辈出之地。故此，奁谱折射出的当是绅商家庭的生活水准。

奁谱的第一页上是手书的"妆启麟祥，奁开燕喜"；末尾所写为"螽斯蛰蛰，瓜瓞绵绵"，寄托了人们多子多福的美好祝愿，也蕴含着传统意义上婚姻传宗接代的含义。奁谱的内容因而被赋予了更多喜庆的色彩，其陈设、用品、饰物几乎无一不带有吉庆字样。奁谱中的"百子"，指的是一种画有众多小儿嬉戏，以祈子孙昌盛的吉祥图案。所谓"百子铺陈全福"，指的就是整套百子图案的新房用品，它与"大红顾绣围全"并举，作为妆奁的第三号，大概是床幔被褥、帐檐门帘种种。"双喜铺陈全福"与"大绿顾绣围全"并称第四，是取用双喜图案的整套陈设。而奁谱中的衣箱衣匣，也都注明放有"青蚨对对双全"。青蚨，也就是钱的别称，此处当是压箱底的喜钱。为了吉利，奁谱中的一些量词也改过了，如"副"换成"福"，"吉"代替"只"，用"元"来指称单件圆形的物品。而妆奁的最末，并不称呼"第六十五号"，而称作"第圆号"，以示圆满。抄错了的字，用金粉涂过，算是弥补。喜气洋洋，充溢于字里行间。

关于新婚习俗，在清人笔记、小说和方志中均有所载。同治年间范祖述的《杭俗遗风》载："妆奁有全铺房、一封书之名……每桌开明桌单一纸，再总有《奁目》一本，所有妆奁各逐件开载，不漏一物。"同治与道光后期相距不过一二十年，正如《新安竹枝词》所描绘的那样："欢更教侬梳宝髻，巧装新样学苏州。"苏杭是富甲一方的徽商效法模仿的对象，《杭俗遗风》中的叙述正可为此册奁谱提供一份可信的注脚。而在徽州本土流传的大量杂字（一种由村塾先生、乡绅秀才自行编写的识字课本，几字一句，三言、四言以至七言不等）中，对于女子陪嫁妆奁，亦有不少描述。譬如一部皖南启蒙读物《六言杂字》如此记录："妆奁首饰嫁赍，厨桌面盆脚盆。镜架皮箱抽屉，坐桶马桶火熥……"就史料价值而言，杂字乃对婚嫁习俗的整体概括；而这份奁谱，则细致翔实地展示了道光中叶一个家境殷实的徽州女子之全部妆奁，我们从而可以想见其时的衣食住行，以及在一桌一椅、一裙一袄里留存的时尚风光：

第叄拾号

　　楠木堂椅成对

　　大红绵垫双全

┈┈┈┈┈┈

衣箱第壹号

　　大红贡缎堂衣成福

　　大红贡缎堂裙成条

　　天青线绉狐套成件

　　五台顾绣套袖成双

　　大红线绉皮裙成条

　　绿花绉皮小袄成件

　　黄花绉棉小袄成件

　　玉缎织花镶裙成条

　　本色东布小褂成对

　　砗青细布单裙成对

　　大红棉绸絮被成条

　　蓝布小衣成对

　　红布包袱成个

　　青蚨对对双全

┈┈┈┈┈┈

饰匣第肆号

　　珠翠前披成围

　　珠翠后披成围

　　珠金耳灯成对

赤金扁方成枝

珠金献耳成枝

珠翠八宝耳穿成对

碧玉扁方成枝

脂玉圆镯成双

赤金戒箍成元

赤金戒指成对

…………

　　奁谱所列家具之外的日常用品，分锡器、铜器、瓷器、木器、漆器等。锡器有锡盘彩烛、奁具、粉妆、镜架、烛台等诸多物件。其中所称的"广锡"，民国《南川县志》曾指出："自清中叶，西南洋货物来华自广东入，故通称外来货物精巧者曰广，与土对。今则不曰广而曰洋。"晚清民国时期的"广"，相当于明清时期的"苏""扬"，均是代表时尚的前缀词。在清代中叶以前，徽州的茶叶等物产源源不断地运往广东（俗有"漂广东"之说），当地与珠江三角洲有着密切的经济联系与文化交流。清代道光年间倪伟人所著的《新安竹枝词》中，就有这样的句子：

　　缠臂双环明翡翠，

　　垂耳双铛缀玫瑰。

　　姊妹争怜好容采，

阿郎新向广州来。

另外，清人方鼎瑞著《温州竹枝词》，也提到"温郡巧制皮杌，瑞安制广锡香炉，均极工巧"。由此可见，当时的西风东渐与今日时尚亦有相似之处，"广锡"已成为一种时尚的代名词，而不仅仅是产地的标明。古代女子敷面用的粉，通常以锡、铅等材料制成，"广锡粉妆"，所指当为这种化妆品。而广锡奁具、广锡粉盒，是指用锡制成、盛放梳妆用品的匣子。第六号中的广锡蝴蝶，与梳妆用具并举，应当也与女子的妆饰有关。据说，服饰方面歙县之中以西乡地区最为讲求华丽，盐业大盛之时，扬州靡华风俗便渐次输入。蝴蝶，是妇女的一种假髻，根据不同的形制及妆饰，有不同的名称。清李斗所著《扬州画舫录》记录的扬州鬏勒中，就有蝴蝶等义髻。可见，此处妆奁中的"广锡蝴蝶"，是女子所用的一种时尚发饰。

锡器之外的铜器，多注明"云铜"。《清稗类钞》云："铜则盛产于云南及安徽、福建、山西、四川、两广，云南尤推上品。"又称"乾隆以前，盛产于云南，俗所称云白铜者是也"。在这份奁谱中，云铜制的用具有旺炉、旺炭、火箸、水罐、水盥、脚炉、火斗、火燋和盖箸等。其中提到了徽州的传统取暖用具烘篮，又名火篮，篮体一般用竹篾编成，内置陶质火钵，另配有铜质或铁质火筷，插在手柄一侧。烘篮在民间还被作为一种福祉所归的吉祥物，绩溪、歙县一带农村，旧时嫁妆中少不了一对精致的烘篮；篮钵里放置一块木炭，剪贴上红喜字，寓示香火绵延，子孙百代。所谓"旺炭"，即是此种。

陈设上，铜器有古铜花瓶，据《长物志》称，以古铜花瓶养花，则花色鲜明。这种古玩清赏，由徽商"贾而好儒"而来，在居家品鉴上成为一时风尚。第十二号妆奁中的"镂金三事成福"，是金剔牙杖、耳挖及镊子等。同时，还陈设有"孔翠花翎成瓶"。在中国吉祥图案中，插有孔雀花翎和珊瑚的花瓶，题为"翎顶辉煌"，蕴含加官晋爵、官运亨通之意。第十七号妆奁里有"霁红磁瓶成座、玻璃镜屏成座"，根据徽州民居陈设习俗，摆在楠木桌上的应是东瓶西镜，取"瓶镜"——"平静"的谐音，以祈求家庭和睦平安。这种习俗，在今日徽州地区仍可见其遗风。

家具之外，首饰及衣物乃单独列出。首饰十二匣，六字一句，前四字说明材质及样式，末二字是数量。以类别分，有发饰、额饰、耳饰、颈饰、手饰等，尤以头饰为重。而陪嫁的衣装，从裙袄背心、小衣把腿，直至各色包袱，每只衣箱衣匦均按一定次序收罗完备。其材质有贡缎、线绉、绉棉、纺绸、西纱、东布、缣丝、扣布、绫、罗及呢种种。其中提到的"沈绸"，据沈涛《幽湖百咏诗注》云："嘉庆以来，机户沈氏家族（沈周望后裔）驰名各地。所织之绸质地精良，'凡贾客买绸者必以沈氏为贵，故不曰濮绸，而必曰沈濮'，道光时，'不曰沈濮，而径名沈绸。'"从浙江的濮院镇到徽州此地，一则可证当时濮院沈氏之绸，名噪他乡，乃当日时尚；又可见当时的布匹贸易往来之盛。这种贸易往来，不止于一处，奁谱中的扣布，据嘉庆《南翔镇志》载，南翔镇盛产刷线布（又名扣布），光洁厚实，制成的衣服经久耐用，为各方所青睐，镇上布商字号多由徽商经营，贩运至江淮、临清间。奁谱记录的这一年，已是道光，而女子常服中的裙子，则与康乾时期基本一致，有堂裙、玉裙、皮裙、绣花裌裙、布裙、百褶裙和羽毛裙种种。譬如玉裙，指一种折裥女裙，用整缎为之，周身折有二十四裥，在康熙、乾隆年间就已流行成为妇女常服（见诸《扬州画舫录》），在此奁谱亦有出现。

从楠木家具，硃漆箱匾，到衣装服饰，珠翠宝匣，奁谱包含了一个徽商女儿春夏秋冬所能用到的日常诸物，至此，这本承载着喜气洋洋的奁谱就在"螽斯蛰蛰，瓜瓞绵绵"的美好祝愿中落幕了。

而在这本大红涂金的奁谱背后，并不只是洋洋喜气……

翻开皖南各处的地方志，我们便可将这册奁谱放回到它所自出的乡土氛围中。正如清末徽州知府刘汝骥在《陶甓公牍》中对歙县风俗习惯的记载，歙俗尚早婚，"结婚颇较贫富、论门第"。由于男方行聘之物也水涨船高，一些无力娶亲的男子，甚至只得通过抢亲等手段来取代终身大礼。讲求婚礼的隆重、妆奁的丰富，竟然导致抢亲的出现，这是贫穷小户无力承担婚礼之重的极端后果。现存的徽州文书中，就保留有民间抢亲的真实记录。

即便不是为了达到风光乡里的效果，要完成一个合情合理门当户对的婚礼，妆奁开支究竟几何？上述的奁谱是陪嫁物品的罗列，而晚清时期徽州山村一个中人之家的婚礼具体名目，亦可以从民间保留的文书得见——一册题为《期颐偕老》的账册，逐一列出了备办女方妆奁以及在男方行聘及迎娶时女方所需花销，让后人对此有一真实的了解。从喜封轿力等类目之细，我们可以想见当日婚礼的筹备。

拟办妆奁
珠冠一品　约元四两
珠翠簪一对　三两
珠翠缨络伞乙把　十两
珍珠面花乙支　十四两
珠翠小面花乙支　三两
珠挂结贰对　十两
赤金扁方乙支　十四两
…………
漱口碗一个　一钱五分
皂筒一个　二钱
…………

账册中提到"杭〔航〕埠头嫁装店"，位于歙县南乡的新安江畔，与雄村相距不远，其嫁妆虽不及前引奁谱，但亦称得上体面丰盛，算得上殷实人家。从其中提到的布庄，我们可以推测作者在当地布庄中从事商业买卖，准备这样一份嫁妆，账册的作者说共需银二百一十四两，这还是去除了他在布庄所买衣料的三十四两（想必比市价要低）之后计算得出的。而男方下聘、上头、男妇来拜姑娘以及迎娶之时，诸多人力开销，亦需女方承担，比如行聘之时。

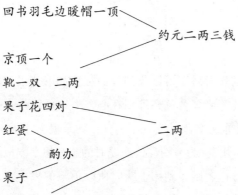

开发　礼单上未接花红则不须开发一项，今所拟开发之数，望至期请十妹公等酌之

礼力　二两四钱

书箱二人　三钱二分

偕老　二两

又喜封　一钱二分

又喜封　三钱二分

偕老轿力　三钱二分

宫灯四人　二两

又喜封　一钱二分

又喜封　四钱八分

媒人　　向例照开发系照男宅减半，今拟之数随时酌之

月老　一两

代席　五钱

花红　一钱二分

喜封　一钱二分

折牲　一钱二分

…………

　　当然细心的作者对于可以收到的回礼比如书礼银、大门礼、小门礼等诸多名色亦筹划在心，大约可以收入一百有余。除去前列各项开支九十之外，约余银十三两，"存为回门各事用"。为节约计，迎娶时的茶料担女方拟送二肩，其来源作者则想到用上头时所收男宅的果子盒，再配上人家送嫁茶料凑用，循环利用，这一项目则可以无须另买了。

　　从整个账册来看，此次婚嫁的费用，着实不能算少，除了经济上的耗费，诸多事项礼数亦需在在上心。寻常人家经此一事，亦难免有山穷水尽之虞，更不用提那些捉襟见肘者为应付场面，东挪西凑的酸楚和无奈了。

　　我们由此可以想见，在鼓乐喧天人流穿梭的婚礼背后，不仅仅端坐着含羞带笑的新妇，更有着整个家庭乃至

家族财力的支撑。透过这些留存世间的文书纸件，可以看到一时一地的商业往来、经济状况和人情礼教，而那种时光流逝之间人生一瞬的苍茫，热闹喜庆之后家常的琐碎与计较，我们和奁谱的主人一样历历在目，而心有戚戚。话说从我们收到奁谱、细细翻阅、束之高阁到今日再读一过，倏忽又是一个十年。光阴荏苒，而生活依旧，这或许也是留存百年的故纸可以证明的。

（原载《万象》2009 年第 1 期）

花开半妍的意味

小时候乱翻书，读过魏巍的长篇小说《东方》。在 20 世纪 50 年代中国社会变动的宏阔历史背景下，书中还有不少陌生的细节令我记忆犹新——主人公家乡冀中平原的烙饼卷小鱼，让我这以米饭当主食的南方人，很是一番惦记；而印象深刻的还有故事里村长为了与地主女儿幽会而偷偷挖的神秘地下室，小说描写道："在那个地下室里，青砖铺地，裱糊得雪洞一般。床上铺设着大花被褥，绣花枕头，摆着茶几茶碗，暖瓶酒壶。壁上还贴着一副过去在地主家常见的对联：'美酒饮教微醉后，好花看到半开时。'参观者人人触目惊心。"——少年读书的我，不明白让人触目惊心的，是配合着大花被褥、绣花枕头，还有那不在场的人，所带来的无穷想象。这关于美酒、好花的文字，也因这想象而被赋予了色情的意味，散发出一种暧昧、甜腻得仿佛要融化的气息，自然也是被小说作者批判的对象。

而在 20 世纪初的作家林语堂那里，半开的花，半醉的酒，强调的都是一种中庸之道，这是生活的艺术。他在《中庸的哲学：子思》一文中说，将道家之玩世主义和儒家的积极观念配合起来，便成中庸的哲学，"这种中庸精神，在动作和静止之间找到了一种完全的均衡"，而处于儒家和道家两种学说之间，"生活的最高典型终究应属子思所倡导的中庸生活"。林语堂列举了清代李密庵的半半歌，说他把这种理想很美妙地描述出来：在浮生过半之时，享受岁月悠闲，眼前是围墙半掩的村舍，在半山半水的田园环抱之中。半耕半读的日子里，身份介于士民之间。家用器具有点儿雅致也有点儿粗朴，庭轩也是半华半实，衣裳一半鲜艳一半素朴，肴馔是丰俭各半，童仆是能拙各半，妻儿是半朴半闲。心情在半佛与半神仙之间，姓名是半藏半显……的确如林语堂所说，一派中庸。诗中也提到了酒半酣与花开半——"酒饮半酣正好，花开半时偏妍"，不过，它们和"帆张半扇免翻颠、马放半缰稳便"联系在一起，都是生活的种种情态。从诗中的四十一个半字，我们所能感受到的，是诗人对于生活所持有的一种介于接受与掌控之间的平衡态度，也是对生活审美的评价标准。这种态度、标准来源于作者的心境，与所谓腐朽没落的生活内容并不相干。

小说《东方》中提到的对联，与半半歌中的酒饮半酣和花开半时，有着十分相似的含义，但从文字上来看，魏巍所引用的，应当出自于更早时候北宋的思想家邵雍。

邵雍（1011—1077），字尧夫，又称安乐先生、百源先生。他与周敦颐、程颐、程颢齐名，精于象数易理，却隐居不仕。三十七岁时，邵雍移居洛阳。伊川之畔的三十年中，他交游于名流学士，因反对熙宁变法而辞官或致仕的富弼、司马光、吕公著等人，对他皆礼敬有加，为其置买园宅。邵雍称自己的居处为安乐窝，但所谓安乐，其实不涉奢华，而是闲居生活与自适心境的写照。据史书记载，他旦则焚香燕坐，晡时酌酒三四瓯，微醺即止，常不及醉，兴至则哦诗自咏。现存邵雍诗作有一千余首，在他所著诗集的序言中，邵雍写道：《击壤集》，伊川翁自乐之诗也，非唯自乐，又能乐时，与万物之自得也。"这种怡然自得的生活，在其安乐窝组诗中有着鲜明的表现：

安乐窝中万户侯，良辰美景忍虚休。已曾得手春深日，更欲放怀年老头。晓露重时花满槛，暖酥浮处酒盈瓯。圣人吃紧些儿事，又省工夫又省忧。

让作者如此陶然其中的"安乐窝"，究竟有着怎样的良辰美景呢？宋代笔记《嬾真子》有所记录，说邵雍所居住的安乐窝里有"圭窦瓮牖"——所谓圭窦，是指墙上凿门，上锐下方，像圭的形状；至于瓮牖，是以破烂的瓮口安于室之东西，据说邵雍用红白纸各糊在上面为窗，象征日月。《礼记·儒行》中有言："筚门圭窬，蓬户瓮牖。"形容的就是寒微贫苦人家门窗简陋的样子，邵雍在自己的《瓮牖吟》诗中解释说："瓮破已堪弃，言收用有方。用时须借口，照处便安床。"这样的家，邵雍称之为安乐窝。他不仅自以为乐，连带着别人也都纷纷效仿。笔记里说，春秋天色温凉之时，邵雍一个人驾着黄牛车，悠悠然随性而至。士大夫家都想请他来，于是各自仿效邵雍家的样子置安乐窝一所，称之为"行窝"，等他出游。邵雍来的时候，听到他车子的声音，那些童孺厮隶拥于门前迎候他入窝，笑逐颜开道"吾家先生至也"，而不称其姓名。在这东红西白的日月窗下，一家长幼，争相问候，听先生之言。凡其家中妇姑妯娌婢妾有不愉快事，或经时不能解决的问题，在邵雍面前自我陈述后，邵雍均逐一为她们分析解决，于是人人皆得欢心，酒肴竞进……安乐窝中，哪怕门窗简陋，有如此和美的人情，也真是可以抵得万户侯的荣耀。"晓露重时花满槛，暖醅浮处酒盈瓯。"晨起带露的花朵满满地探出了栏杆，酒香与花香飘散其间，的确为赏心乐事、良辰美景。小说《东方》中那副饮酒看花的对联，就出自他的另一首安乐窝诗：

安乐窝中三月期，老来才会惜芳菲。自知一赏有分付，谁让黄金无子遗。

美酒饮教微醉后，好花看到半开时。这般意思难名状，只恐人间都未知。

现代学者顾随在讲解邵雍这首《安乐窝中吟》时，说"美酒饮教微醉后，好花看到半开时"，凡事留有余味是中国人常情。这一解释，应该就是诗中所说难以名状的体悟吧。这种面对美好事物的欣赏态度，虽然作者在诗中说

"只恐人间都未知"，但其实，不独邵雍可以领会，在他之前的诗人们也早已心有所得。

例如唐代的白居易。

读邵雍的《伊川击壤集》，字里行间不时可以看到中唐诗人白居易的影子。譬如上文所引诗句"已曾得手春深日"，让人想起白居易在他的《苏州李中丞以元日郡斋感怀诗寄微之及予辄依来篇七言八韵走笔奉答兼呈微之》一诗中有这样的句子："莫嗟一日日催人，且贵一年年入手。""入手"与"得手"二词的意味颇为相似；而这里的"春深日"，也让人想起白居易的组诗《和春深二十首》……语词之中，不难追踪邵雍诗歌所受白诗影响的痕迹。清代馆臣在《四库全书总目提要》中就说："邵子之诗，其源亦出白居易。"这种阅读上的寻踪觅迹，足以令后来同感者会心一笑。

关于花开半妍的情境，白居易就有一首赏花诗，值得品读，诗题为《玩半开花赠皇甫郎中（八年寒食日池东小楼上作）》：

勿诃春来晚，无嫌花发迟。人怜全盛日，我爱半开时。
紫蜡粘为蒂，红酥点作蕤。成都新夹缬，梁汉碎胭脂。
树杪真珠颗，墙头小女儿。浅深妆驳落，高下火参差。
蝶戏争香朵，莺啼选稳枝。好教郎作伴，合共酒相随。
醉玩无胜此，狂嘲更让谁？犹残少年兴，未是老人诗。
西日凭轻照，东风莫杀吹。明朝应烂漫，后夜更离披。
林下遥相忆，樽前暗有期。衔杯嚼蕊思，唯我与君知。

皇甫郎中指皇甫曙，白居易与其为酒友，兼是姻亲。诗作于大和八年（834），白居易时任太子宾客分司东都。这一年夏天，他整理居于洛阳五年以来所写的四百余首诗歌，编次结集，并写下序言。在此篇《序洛诗》中，白氏回顾了洛阳生活的前后，阐发了这一时期自己诗歌创作的主张。他列举古今以来诗歌中十之八九为愤忧怨伤之作，说难怪世人有所谓文士多数奇、诗人尤命薄之论；当然也可以讲是因为安稳时世少而离乱之时多所致。白居易自忖写诗已有数千首，大概算得上所谓的"数奇命薄之士"，不过检点这一集子中的四百多首诗，除了丧失友朋、哀悼幼儿所写的十数篇之外，其他均"苦词无一字，忧叹无一声"，实在不是一时牵强所能致，而的确发自于他内心的快乐。白居易解释道，这些诗中所表达的快乐，其根本源自于自知与知足，再加上闲居无家累，觞咏以寄怀，所以才有如此的闲适与酣乐——如果这样都不快乐，那还能去哪里寻找快乐呢？白居易还曾经说过"治世之音安以乐，闲居之诗泰以适"，意思是太平岁月才有闲居生活，他在序文中进一步表白自己结集洛诗的目的，不仅仅是为了记录下洛阳履道里有自己这个闲居泰适的老翁，更欲让世人知道唐代大和年间有这如此的理世安乐之音。

明白诗人的这番心境，来品读白居易的赏半开花诗，会发现作者的描写极其细致——写诗的时间在寒食日，想来这一年的春天到得有些晚，本应盛放的花朵还在半开之际。只见深褐色的花蒂仿佛用蜡粘成，累累花朵犹如红色的酥乳点就。花瓣鲜润的颜色就像刚刚染好出水的夹缬蜀锦，又好似梁汉所产的胭脂那般艳丽夺目。春风中树梢上的点点花朵轻摇，像颗颗珍珠闪烁，又感觉仿佛是一群娇俏的小儿女探出了墙头。深浅不一的花色，宛如有些剥落的妆容，还好似上下跳跃的火焰。蝴蝶争着在芬芳的花朵上戏舞，莺儿选取花枝稳稳地落下。赏花的人携酒相随，醉后互相嘲谑，还留有少年人的兴致。向晚的阳光斜斜洒在花枝上，东风也那么轻柔，明日的花一定会开得更加烂漫，但夜晚时分或许就将从枝头披离……诗人在这美丽的花下遥相追忆，回想衔杯嚼蕊的快乐，唯有自己与友人共享。

寒食清明时分，开的花多半是杏李樱桃之类，《礼记·月令》说仲春之月"桃始华"，白诗中描写花树也与此相合。在诗歌的开头，白居易说"人怜全盛日，我爱半开时"，这种对于半开花的偏爱，与时人赏花不同。

有唐一代，游春赏花之际，是倾城而出的盛景。与白居易大致同时的李肇在其所著笔记《唐国史补》中说，京师贵游，牡丹之尚已有三十余年，每到暮春时分，出城赏花的车马若狂，人们以不耽于玩赏为耻。牡丹花朵大可盈尺，其香满室，在盛放之际，花枝上重重叠叠。这种丰盈华美，在唐人看来无可伦比，所谓"玫瑰羞死，芍药自失，夭桃敛迹，秾李惭出，踯躅宵溃，木兰潜逸，朱槿灰心，紫薇屈膝"，即是唐人对牡丹的骄宠和独爱。与白居易诗歌往还的舒元舆（789—835），曾经作有《牡丹赋》一篇，叙述唐人赏花之盛，以及形容牡丹赤白淡殷诸般颜色，和向背俯仰、曲直疏密种种情态，细腻传神。其中尤以描写牡丹盛放的文字，最是动人——"暮春气极，绿苞如珠，清露宵偃，韶光晓驱，动荡支节，如解凝结，百脉融畅，气不可遏，兀然盛怒，如将愤泄，淑日披开，照曜酷烈，美肤腻体，万状皆绝"。这番极具动感的描写，包含了牡丹从如珠的花苞到全开的花朵之怒放过程，让人仿佛看到一位绝色佳人从晨光初曦中舒展身体、元气充沛，到艳阳高照下不可直视的美色……

从这篇《牡丹赋》可见舒元舆的蓬勃才情与优美文笔，亦可感知其以丈夫功业自许。他在洛阳时曾与白居易同游龙门、香山寺等处，二人有诗歌酬唱。大和七年（833），白居易赠诗送舒入朝，舒元舆的确不负文宗"擢领纲纪，肃清朝廷"之望，却在835年的甘露事变中被杀，"昌然而大来"的人生期待戛然而止。他的赋中牡丹这种盛放之美，显然与白居易的赏花诗有所不同。写作此诗的白居易，已过六十耳顺之年，之前他以刑部侍郎病免归洛，授太子宾客分司东都，后任河南尹，病免归洛，再授宾客分司。而就在居于洛阳的这一时期，传来好友元稹离世的消息，自己晚年所得的爱子亦三岁夭折，加以眼见诸位好友的命运起伏，人事变幻……值得白居易庆幸的是，身体并无病苦，而官阶三品也可免罹饥寒，可谓一乐。他说："《序洛诗》，乐天自叙在洛之乐也。"人趋老境，在过往的生命体验之后，这种对美的珍惜，从白居易的笔下流露出来，白居易在洛阳履道里的家中写下了"人怜全盛日，我爱半开时"——花开半时，他看到的是还未完全绽放的美丽，因而距离凋零也不会那么迅疾。

后人所读到的，是他陶然自得的乐天态度。北宋时期，不仅邵雍学白，当时居于洛阳一地的诸多诗人名家也受他影响。司马光就说："吾爱白乐天，退身家履道。酿酒酒初熟，浇花花正好。作诗邀宾朋，栏边长醉倒。至今传画图，风流称儿老。"在他看来，初熟的酒，正好的花，还有相契的朋友、醉倒的诗人，一起组成白乐天退居闲适生活让人羡慕的图画。正如邵雍所说，"老来才会惜芳菲"，而这也是邵雍安乐窝诗中"美酒饮教微醉后，好花看到半开时"的精神来源。

这种对半开花的欣赏，当然与写诗人的闲适心情有关，与从庙堂退隐回归乡野的境遇有关，与儒道之间的中庸有关，甚至也可以说，与理学道统有关。此前并未格外被人关注的半开花意象，在诗歌里开始更多地出现——"寄语折花人，半开花正好"，"半开花有韵，微醉酒全真"，"杂花半开已倏落"……而随着理学的逐渐兴起，邵雍愈益受到历代朝廷的重视，被尊称为"邵子"，为世人所敬奉。可以想象，那一联花酒的诗句，被视作中庸生活的代表，出现在广袤大地上士绅人家的门前。

但有意思的是，此一中庸性质的对联，又是怎样与我们现在所理解的含有安逸、不求上进的贬义之"安乐窝"一词，联系在一起的呢？魏巍的小说《东方》，让人想要继续探究这花开半妍的意味……

（原载《读书》2017 年第 7 期）

相思怎成灰

　　五代有个状元郎叫扈载，其人发达之前很是惧内：要出门得先请假，夫人往地上滴几点水，说水迹消失之前你可要给我回来！若是去的地方较远，她就点燃香印，掐到某处，意思是香灭处即回家时。如此这般的可怜情状，想必一一落于朋友的耳内，于是便有了后面的编排：某次聚会吃饭，酒过三巡，扈载便流露出逃席的迹象，朋友们哪里肯放过这个嘲笑的机会！说扈君是怕水迹隐形、香印过界吧，该罚——我等各撰句一联，劝酒一盏吧。众人交口称好，纷纷起哄……

　　一人捧瓯吟曰："解禀香三令，能遵水五申。"逼载饮尽。此处嘲笑夫人以香、水为号，三令五申。

　　一个说："细弹防事水，短爇戒时香。"——夫人指尖轻弹，杜绝艳事，"防事水"的名称颇为形象！

　　又有人云："战兢思水约，匍匐赴香期。"主人公乾纲不振的形象栩栩如生。

　　还有人称："出佩香三尺，归防水九章。"看来，最是惧内不自由。

再下来就性命交关了："命系逡巡水，时牵决定香。"常言道：将在外君命有所不受，但若是夫妻则后果会很严重！

一杯一杯又一杯，扈载无言以对，被连灌六七回，呕吐淋漓不在话下。临上马了，众人还不放过，笑道："若夫人怪迟，但道被水香劝盏留住！"

好一个"水香"劝盏，如此芳名，想必会引起夫人的一番遐思……

文人对惧内的揶揄虽然促狭了些，但谈笑之间却表露了一个事实：所谓香印，当日以其长短来计时，应该是呈现长条形或线形的，否则"三尺""短爇"之语就难以索解了。关于烧香所用香料与香具以及相关用法，前人已有不少著述。不过，有关烧香的故事似乎还有可以言说的部分。

一

香印，为古人所用烧香之一种。唐人已用香印，在王建《宫词》中就有这样的诗句："闲坐烧香印，满户松柏气。火尽转分明，青苔碑上字。"王建为中唐诗人，其所作宫词表现了宫中衣食住行诸多方面，特别是描摹女性生活细节尤为传神。明人胡震亨曾经评论说，唐诗不可注，一解释反而画蛇添足，但亦有不能不注的，譬如老杜用意深婉者，须发明；李贺之谲诡、李商隐之深僻，及王建宫词自有当时宫禁故实者，都须作注，仔细加以笺释——从这里也可以看出王建宫词之写实是经得起注家考释的。根据这首宫词的描写，宫女闲时无事坐烧香印，除了满户飘散的松柏香气，香尽火灭之后还留下字迹，有如长满青苔的石碑上所刻的文字，恰可以说明这种香印原本即呈现字形。

制作成字形的香印，在晚唐诗人段成式《游长安诸寺联句》中也有相关记载，譬如"翻了西天偈，烧余梵字香"，意思是读罢西天传来的佛经，梵文字香也烧过了——可知当时诸人所游玩的长安寺院中，烧的也是字香，还是梵文形状。段成式所著笔记《酉阳杂俎》最为人所称引，他晚年则以闲放自适，尤深于佛书。诗人曾作《送僧二首》，其中亦提及字香："因行恋烧归来晚，窗下犹残一字香。"一，当指数字，人已离开，而窗下还有一盘字香没有烧完。虽然不知道香是否梵文形状，但由此看来，字香在当时佛教寺院中较为常见。

唐代所烧的香，其制作方法亦可从佛经记载推知。据《蕤呬耶经》说，佛前供养的烧香，因供养对象的不同而有诸多分别，至于普通和香，则取白檀香、沉水香、龙脑香、苏合香等十数种香料，"以砂糖相和，此名普通和香"。白檀、沉水之类，是指制香的原料，多为香木。而所谓和香，则是取诸香料合制而成。这里有一点值得注意，那就是制作和香的调和剂为砂糖。据唐代《一切经音义》书中的解释，砂糖由甘蔗汁制成。这种佛教烧香以香料细末调和，应当便于将其制成一定的形状（例如梵文字形），民间制作和香亦当与此类似。只是由于甘蔗在唐时仍非常见，砂糖难以随便取用（据说唐太宗曾派人去摩揭陀国学习制糖，令扬州煎蔗之汁，在宫中自行制作），因此唐人取近舍远，以蜜取代砂糖用于调和，多见于后世保留的和香方中。

至于制作唐代和香的具体步骤，可以参看宋人陈敬的《陈氏香谱》，该书对于诸多香方有所记录，比如"唐开元宫中方"，其制法为：

> 沉香二两　细剉、以绢袋盛，悬于铫子当中，勿令着底，蜜水浸，慢火煮一日，檀香二两　茶清浸一宿，炒干，令无檀香气味，麝香二钱，龙脑二钱　别器研，甲香一钱　法制，马牙硝一钱。右为细末，炼蜜和匀，窨月余取出，旋入脑麝，丸之，或作花子，蒸如常法。

可以看出，对诸香料分别加以处理后，研成细末，以炼蜜调和，窨藏月余，熟化后再加樟脑、麝香一类，即可做成香丸或花子。所谓花子，后来又有这样的说法："随意脱造花子，先用苏合油或面油刷过花脱，然后印剂则易出。"可见当时制香，因为调入糖或蜜，香料末具有了更多的可塑性，经脱模等工艺，可制成一定图案，包括文字形状，中唐王建宫词所言"香印"大概即是。

二

这种制作成图形或文字的香，其源流所自，仍需考证。但可以明确的一点，字香在宋代已经为常见之物，譬如宋代词人的笔下，就曾出现一种"心字香"——蒋捷词中有"银字笙调，心字香烧"语：

银字笙调，心字香烧。流光容易把人抛，红了樱桃，绿了芭蕉。(《一剪梅》)

银字笙调，心字香烧。料芳踪、乍整还凋。待将春恨，都付春潮。过窈娘堤，秋娘渡，泰娘桥。(《行香子》)

"红了樱桃，绿了芭蕉。"色彩明丽的光景中却酝酿着一片春愁，只有笙歌香语可以消磨。银字，标于笙管上表示音调之高低。而从字面理解，心字香当制成心字形。这种心字香亦见于北宋词人黄机所作《沁园春》，其中有"殢酒犹烧心字香"句子。明人有云："所谓心字者，以香末萦篆成心字也，词家多用之。"(明彭大翼《山堂肆考》)事实上，香为"心"字形状，与佛典精义或许不无关系。早在东晋时候天竺三藏佛驮跋陀罗所译《大方广佛华严经》即有这样的说法："菩提心者，则为香山，出生一切功德香故……菩提心者，则为和香，出生一切功德香故。"以香山、和香等物比喻菩提心产生一切功德香，更有"香由心造，香是心香"等说法。由于以香作为菩提心的象征，在袅袅青烟中，内心所追求的佛家境界得到了物化的展示，因而通过烧心字形香，佛家思想可以更为形象地表现。

宋人吴曾所著《能改斋漫录》中记录了一个士人收到朋友所赠龙涎香后的答诗："认得吴家心字香，玉窗春梦紫罗囊。余熏未歇人何许，洗破征衣更断肠。"看来，制作成心字形的香在当时已颇为有名，还出现了以此种香品而著称的商家字号。吴家心字香何指？陈敬在《陈氏香谱》"南方花"条中揭示了它的来历。他说，南方诸花都可用于和香的制作，像茉莉之类原出自西域，佛书所载，其后传至福建、岭南一带，从此遂盛。此外还有含笑花、素馨花、麝香花等，他指出"或传吴家香用此诸花合"，有人说吴家香除了龙涎等香料之外，还添入了南方盛开的鲜花香味，故而与众不同。不过，花香不比香木能研磨成末混合制成烧香，鲜花转瞬即败，香气飘然而逝，如何得以保存呢？据陈敬介绍，温子皮说这些香花如素馨、茉莉，可以将其花蕊摘下，香才过即以酒喷之，复香。凡是这种生鲜花香，以蒸过为佳。每四时遇花之香者，皆次第蒸之，比如梅花、瑞香、茉莉、木樨及橙橘花之类，皆可蒸。待到他日爇之，则群花之香毕备。据台湾刘静敏《〈陈氏香谱〉版本考述》一文，温子皮其人其事已不可考，但《温氏杂记》则为陈敬该书取用，留下了关于香料处理的数条记载。

温子皮提到的这种鲜花蒸法，大致不仅仅蒸花蕊，其他香木原料也应一道才可能吸取香味，宋人周去非《岭外代答》书中有一记载与此相似，说泡花是将上好的沉香薄片放在干净的容器中，再加以半开的鲜花，二者交错层叠，然后密封容器。第二天复取鲜花放入，不让花萎香蔫。花期过了，沉香木也熏制好了。他还说"番禺人吴宅作心字香及琼香，用素馨茉莉，法亦尔，大抵浥取其气，令自熏陶以入香骨，实未尝以甑釜蒸煮之。"即制作心字香和琼香等香品时也采用泡花法，只取其香气，并未蒸煮。宋人周去非1172年赴钦州任教授，《岭外代答》一书，是其任职六年后，对于岭南见闻的整理。由于唐宋时期香药自海外输入多由南方，因此当地香药业格外繁荣。不过，从此处记载可以得知吴宅的"心字香"，对于香料原材料如龙涎、沉香等物的处理，不同于《陈氏香谱》中所说的鲜花蒸法，而是以含苞的素馨和茉莉鲜花与香木薄片层层交错叠放，花过香留，取其花香木香自然融合而成。

三

由此看来，这种以鲜花为辅料制成的心字香，无论从其原料处理还是形状来说，都颇具巧思，难怪会为文人墨客所青睐，入诗入词以寄托心境。这倒令人联想起晚唐诗人李商隐的那首《无题》来：

飒飒东南细雨来，

芙蓉塘外有轻雷。

金蟾啮锁烧香入，

玉虎牵丝汲井回。

贾氏窥帘韩掾少，

宓妃留枕魏王才。

春心莫共花争发，

一寸相思一寸灰。

　　李商隐的《无题》诗为历代诗家学者所称许，云环雾绕的诗人心绪，常常借由丰富的意象，瑰丽的辞藻呈现出来。而时空遥隔，昔日人们司空见惯的物事习俗，如今许多已湮没无闻，诗歌阅读中的歧义在所难免，而李商隐诗歌注解争论尤多。所谓诗无达诂，然而由名物习俗入手，或许能够从作者的眼中之物，窥见几分诗人当日的心境。

　　细读此作，首二句点出诗境的时间及地点。细密的雨丝随着东南风飒飒而来，有雷声轻响，从满缀芙蓉的池塘那边传出。可以知道，这是春天的情景，作者的视线听觉由近而远，有动静有声响。如果将颔联与颈联合并来看，就会发现烧香、汲水两个场景与下文韩寿、曹植两个典故之间存在的内在联系：贾充之女因心仪韩寿之美，而与之相悦，异香可证；传说后为洛水之神的宓妃，亦爱慕曹植的文才，自荐枕席，这两个典故，正与第二联提及的香、水有关。如果将作者置入诗中，我们可以看到：在这样一个春雨飘洒、芙蓉花开的时节，诗人看见（或想起）心上那个妙人儿的身影，她一会儿手捧香炉来烧香，一会儿提着水壶去汲水，倩影来来去去之间，牵引着诗人的视线，也引起了他的遐思，那些窃香、送枕的故事，不正是由于女子爱慕少年的美貌、才华，春心萌动而产生的吗？诗人隐隐的希望，藏于不言之中。

最末两句，"春心莫共花争发，一寸相思一寸灰"，一个"莫"字，将告诫的意味点明，这被告诫的人，或许是自己，也或许还是那位女子。虽然对于现代人而言，心如死灰已成为一个熟悉的意象，但尾联两句从争发的春花春情，到相思都成灰烬，笔端的跳跃起伏，似乎是有所依据的，"心""花"和"灰"三者之间的关联，值得探究。所谓"寸灰"，自然不难看出为燃烧后所余的灰烬。虽然有人将尾联中的"春心"解释为相思之心，"花"指烛花，说面对绝望的爱情，不要让相思之情与烛花争燃，每一火花的闪爆都会化为一段灰烬（周振甫主编《李商隐诗歌赏析集》）。但从"寸"来看，所燃当为细长之物，烛芯较少以寸来形容。联系前两联内容来看，"寸灰"可作香灰，以香的含义来阐释此诗，也似乎更为妥当。

李商隐与段成式二人同时又与温庭筠一起，有"三十六体"之称。段氏笔下提到的字香，醉心佛理的义山或许也曾见过？试以心字香之意来读解李商隐这首《无题》诗的尾联，则"心""花"和"灰"之间，诗意相接，毫不突兀，而且语带双关，比喻巧妙。且看，春风带雨，润物而来，诗人对于爱情的梦想，亦如春花日滋夜长，而似乎无望的现实，令他自叹不已，眼前袅袅缭起的清香，留下一盘灰烬，正是一个"心"字——那鲜花窨藏而成的心字香在静静地燃烧，诗人联想起自己的一片芳心，亦在焦灼的等待与反复的折磨中渐渐冷却，又怎能不生出感叹"春心莫共花争发，一寸相思一寸灰"！主观的情感与现实的场景通过一个"心"字联系在一起，不落痕迹，却又自然熨帖。

在李商隐的《无题》里，相思成灰的意象虽然是明白示人的，但二者间的联系——"心香"则隐而不出，耐人寻味。这一比喻，在与其同时的诗人胡曾那里，亦有相似的运用，《独不见》云："玉关一自有氛埃，年少从军竟未回。门外尘凝张乐榭，水边香灭按歌台。窗残夜月人何处，帘卷春风燕复来。万里寂寥音信绝，寸心争忍不成灰。"从水边的香灭，到寸心成灰，其意蕴与李诗仿佛。而在后世的文学作品里，这意象仍被反复引用，但表达各有不同。比如金代词人赵可的一阙《浣溪沙》，就将李商隐的这一层诗意更加清晰地显露出来："火冷熏炉香渐消，更阑拨火更重烧，愁心心字两俱焦。半世清狂无限事，一窗风月可怜宵，残灯花落梦无聊。"火冷香消，愁怀独坐，这里的"愁心"自然指词人的忧愁心绪，而"心字"则指心字香，"两俱焦"以香、心二者并列，描写内心的焦灼痛苦。比起李商隐的《无题》尾联来，赵词要直白得多、浅显得多，却因此也少了几分李诗所有的韵味。年代更晚的文学作品，如《红楼梦》里作者代宝钗所拟的那一首《更香》诗谜，"煎心日日复年年"则反其道而行之，以心情的痛苦形容更香每日每夜的燃烧，算是翻出前人之新意了。

《无题》诗中这一相思成灰的意境，自然是蕴含了诗人的无限深情。情之所钟，香、水可证，义山如此，那位"水香劝盏"故事中的扈夫人，又何尝不是呢？

（原载《读书》2009 年第 9 期）

芳名花心

一直记得鹿桥的《市廛居》里提到哈佛广场有一卖花人，特别之处在于她所卖的花都附有一张卡片，注出花的拉丁名字——熙熙攘攘的广场地上，市井小贩竟有如此逸兴，似乎哈佛还真是个取西经的好地方……

终于也站在这个拐角。拐角处有一家花店，晚饭后散步至此，看见店堂深处鲜花满满簇簇，忍不住走进去瞧瞧。花下面当然注着价钱，可是没有拉丁文的名字。许多花似曾相识，想要请教芳名（倒真是芳名），却无由问起，心里不免有点遗憾：毕竟，鹿桥写那篇《路边买一枝粉红玫瑰》，已是三十年前的旧事……即使卖花人继承家业，那番独特的风景怕也难免被视作矫情和学究气。

当然，还是可以看到花朵连同它的名字，却不在广场的花店，而是在哈佛自然历史博物馆；花朵也不是真正的花，它们是玻璃做的。对于这个博物馆里独一无二的玻璃花，一个世纪以来许多游人曾流连忘返，称叹不置。不过，孤陋寡闻的我，一个人在雨后的下午，走进三楼这个展厅时，对于玻璃花的概念却是类似于在玻璃里面凝固的花。所以，当我看到柜子里面那些像小时候做过的植物标本一样的东西，自然开始怀疑是不是走错了地方。那些标本的做法，是我所熟悉的：要用厚纸板将植物夹起，固定，换纸，直到水分完全吸干，再转移到标本簿里，下面注上植物名称、标本采集的时间和地点。基本说起来，哈佛自然历史博物馆里展出的就是这样的东西：植株、茎叶和花朵。这有什么稀奇呢？且慢——再看一眼，那些花朵的颜色比起陈年的标本来，似乎要新鲜得多，根系的完整细致，以及茎干表面的绒毛质感，仿佛刚采集不久。都说眼见为实，我却在这种将信将疑中睁大了眼睛：玻璃的花！

早在19世纪中叶，哈佛大学已成为当时植物学研究的中心，兴建自然博物馆也正是当年的一大时尚。该校植物学博物馆的创始人，想到了用玻璃标本来长久保存植物的状态，展示细部枝节，这是蜡模与纸型所无法达到的。事实上，在当时的海洋生物标本制作中，玻璃工艺已被应用，甚至一些精巧的首饰上也镶嵌有玻璃做的小花。然而，想要完成千姿百态、五颜六色的植物标本，与制作透明的水母相比，难度自然不可同日而语，什么人能揽下这样的活计？当这位哈佛教授来到德国小城侯士威时，那里的玻璃大师布拉斯卡让他大喜过望——踏入大师家中，一瞥之下一瓶鲜切的兰草，竟然是老布拉斯卡在二十多年前为其妻子所做的玻璃花！家族相传的好手艺吸引了教授的目光，他说服利奥波德和鲁道夫父子俩（布拉斯卡家的一老一少），放弃原来的动物玻璃造型，从此专心于玻璃花的艺术。于是，在1886—1936年，他们应植物学教授的要求，完成了八百多种、四千多件玻璃花的制作。目前哈佛展出的只是其中的四分之三。不少作品是儿子独立完成的——在1895年利奥波德辞世后，鲁道夫开始在玻璃花上倾注全部的心血，他将此作为献给亡父的纪念，甚而至于拒绝任何人的合作。与此同时，一对姓魏尔的母女，资助了玻璃花的收藏，并把它们捐献给哈佛大学植物学博物馆。从此，这些来自异乡的玻璃花，就像动画片《花仙子》结尾所描绘的那样，聚集在剑桥一隅，静静地开放……

这里的玻璃作品不仅包括栩栩如生的植物本身，另外还有比例准确、色彩逼真的解剖放大图形。这种以放大模型教授植物学知识，在19世纪末的欧洲似乎颇为流行。清光绪六年（1880），黎庶昌出任清朝驻日斯马尼亚（即西班牙）参赞，他在马德里的国家农务学堂，就看到了"二高玻璃匣，盛仿做植物花叶果实萌芽之形，皆放大数十倍，内为若干层，可以逐层剔剥，观其文理"（黎庶昌：《西洋杂志》，岳麓书社"走向世界丛书"，1985年）。只是不知道当年黎参赞所见，是否也如哈佛博物馆所藏为玻璃制作？与黎庶昌同时的徐建寅，在出任驻德参赞时，曾在柏林"观以玻璃制花"（徐建寅《欧游杂录》，同上）。可见，当时玻璃花的制作或许并非独此一家。1900年，玻璃花曾赴巴黎展出。此后，哈佛博物馆中的部分玻璃花亦在纽约和东京等地与观众见面。但时至今日，这里的藏品已成为世上唯一的玻璃花系列，游人四方而至，络绎不绝。或许，这些玻璃做的花，已然脱离了科学的疆域，步入艺术的殿堂。那纤弱欲颤的花蕊，昆虫残食下的叶片，自然之手雕刻的作品如何在凡夫俗子的玻璃作坊中复制成功？博物馆里所展示的玻璃花之制作工具，仅仅是普通的钳钻之类，布拉斯卡们所持的技术，似乎并没有什么特别。当然，他们借鉴了珠宝工艺，同时父子相传的经验也不无裨益。而最值得称道的，却是玻璃的染色：用透明玻璃做出成型的植物部件后，加上特制的颜料，在高温作用下使之着色却并不变形，这是玻璃花制作过程中最难的环节。这些颜料，都是他们自己配制而成。可以想象——为了模仿自然界植物丰富的色彩，在德国侯士威的玻璃作坊里，成排的小颜料瓶在煤气灯下放着光……或许，要做出一两件玻璃花，对于技艺娴熟的工匠来说不无可能，但要做出如此之多不同区域不同品种的花朵，创造者的心中一定装有一个盛大的花园——为了玻璃花的比例准确、栩栩如生，鲁道夫曾经在自己的园子里播下许多寄自北美的植物种子，他也曾赴新英格兰许多植物的原生地考察，记录下它们的生存状态。于是，从平面的图案还原为立体的形状，钳子不再是钳子，铁丝也不仅仅是铁丝，它们就像自然界的微风一样，催开了这些绚丽的花朵，哪怕风吹雨打，季节错过，玻璃世界里永远是桃红李白，魏紫姚黄。

　　或许来得正是时候，波士顿的鲜花随处可见。我常常诧异于它们色彩的斑斓，有些习见的品种，比如百合，除了白色和粉红之外，此地的色彩竟有六七种之多。它们点缀于房前庭院，也在路边随风摇曳。在蓝天绿地之间，花儿带给人们视觉的愉悦，也铺展心绪的安宁。与上海街头的花坛略有不同，这些植物往往是混种的，不同的品种，不同的颜色，似乎没有章法地交错在一起，夹道缤纷，煞是好看。我漫不经心，只见到它们的美，却没有想过它们的由来。直到某天走到一处，建筑外墙根处鲜花如常，栅栏上却挂着一些透明的信封：有闲暇有逸趣的人儿，请在这路边种下心爱的花朵，为它们浇浇水，做一些小事情，并请留下地址和联系方法。我这才恍然，原来那些不同品种的花朵，曾由不同的人留下。也许，如此不同个性的共同展现，自由的生长，方是花园里最美的装点吧。在我们临时歇脚的小旅馆门前，花坛的泥地上零星插着一些小纸签，仔细一看，倒是些花朵的名字，可是那一小片泥地上还没有花。问过前台那个美丽如天使的女孩，这才知道，和她家乡比利时一样，小纸片是花匠特意留下的，他在这里撒下的种子，日后便会蓬蓬勃勃地生长、开花。于种花人而言，小纸签是一个提示，却让人充满了期待——不知道要过多久，路过这个人情暖暖的小旅馆，才会看见那些名字的花？

　　人在异乡，才知道故乡色色都变得亲切起来，所以会有王维"来日绮窗前，寒梅着花未"的问候。教堂前的老槐树撒下一地黄花，空气中弥散着几许清香，顿时让我念起唐人所谓"槐花黄，举子忙"，指的正是农历七月情景。唐谚如此，可以想象于人尘浊世间奔波献文的举子，终归如这枝头繁花还入乡土，那是一千多年以来的故事。穿梭于哈佛自然历史博物馆的玻璃花束中，最先跳入眼帘的，也正是家常买过、种过和见过的花。花下的卡片，注出它的种属、学名，还有通俗的称呼。所谓拉丁文的名字，其实是18世纪瑞典一位植物学家所创立，每个名字由两个字组成，前者指"属"，后者是"种"。虽然这一语言已不再使用，但其命名系统却保留了下来，成为植物的学名。及至今日，人们更多地用别名来称呼它们。那几枝蓝紫色的鸢尾，透明的花瓣上脉络清晰可见，卷起的部分纤弱怜人，并不似凡·高画上的那样生命张扬。在上海，它们紧紧包裹的花蕾，是春寒料峭时花摊上最早带来春天气息的花朵。"卖花担上，买得一枝春欲放"，大概是古往今来多少习见的情景吧？虽然家里的空间被书占去大半，但看见鸢尾，却常常忍不住见缝插上两三枝，静待蓝色旗帜般的花朵一点一点地展开，blue flag，倒真是鸢尾恰如其分的好名字。展厅那端，另有莲花一朵，洁白的花瓣，吐露娇黄的花蕊，隔着玻璃的柜台，仿佛可以闻见一缕似有若无的清香，让人想起《浮生六记》里那个清秀解人的"芸"。沈三白说：夏天荷花晚含而晓放，"芸"以纱囊包住小撮茶叶，于黄昏置入莲花含苞待放的花心，待到晨曦花开时分取出，沏上一盏，碧绿的茶叶带着宿夜的荷香，在天泉水中上下翻卷，舒展身姿。花香茶香，一时分辨不清。所谓 water lily，名字里带着百合，指的却是睡莲一科，二者相差很远。但水里也好，陆上也罢，清新宜人的花朵，总是让人想起美丽纯净的女子。

哈佛广场上来来往往的女孩子，沐浴在透明的阳光里，带着她们与生俱来各自不同的肤发气质，神采奕奕地捕捉你的视线。那种缤纷的美感，正像波士顿街头的花坛一样，彼此交融，和谐共处，生生不息。事实上，哈佛乃至美国给人的印象，或许就是众多的融合，如同白雏菊搭配薰衣草，东方遇上西方，有木婉清，也有金毛狮王。譬如旅馆里老板娘那腔喷薄而出的英语，虽然意大利口音浓重，却是五湖四海七十二家房客都听得懂的话。又比如，在此地大学教艺术史的一位中国教授，曾不无骄傲地向我们展示其书法课上美国学生的作品：一个身材高挑的金发女孩，没有什么中国文化背景，还是个左撇子，却在他的指点下，用右手写出了漂亮的书法作品——尤其是那个"花"字，末了徐徐一提，真是韵味十足。大概做老师的，也很得意于学生的这一神来之笔吧，所以特意给"花"拍了一张照片，拿给我们看……

看到这张照片时，是在那位教授的家里，在座的还有几个以前只闻其名的学人（其中一两位时常在《读书》《万象》上露面），来美都有十几二十年了。在这个于我陌生的地方和他们相遇，就像在自然历史博物馆中碰见那些迢迢而至的玻璃花，感觉既新鲜又熟悉……

困意渐浓，从朋友家坐车回去，眼前晃动着的，都是这些关于花的纷繁影像……不知道今夜梦里浮动的会是哪一种花香?

2003 年夏于剑桥

(原载《万象》2004 年第 8 期)

夹在《未央歌》里的那一枝玫瑰

　　前年夏天在昆明，怕是上海最热的伏天时候，可是，除了澄蓝一片的天空和叶隙间跳跃不定的阳光能让人想起这是暑月，所有的鲜花还有空气都令人如沐春风。晚上 8 点的翠湖，风渐凉渐大，几只舞动的风筝在落日余晖中依稀可辨，云南大学门外的文林街也还是斜斜地延伸出去——借着暮色的晕染，周遭所见，仿佛就是《未央歌》里的情景。

　　问过身边不少朋友，大多不知道有一部以西南联大校园为背景的长篇小说，想来读过的人就更少了。这部完成于 1945 年夏的《未央歌》，十数年后于美国出版（顺便提一句，一部研究西南联大文学活动的专著，以为作者"在短短二三个月的时间里就创作出《未央歌》"并不准确，根据书中的《前奏曲》及《尾声》所署时间，可知其写作从 1943 年底迄至 1945 年夏，历时一年有余）。而我手边这本台湾商务印书馆发行的，是 1998 年二版第五次印刷。至于《未央歌》的作者鹿桥先生，在相当长的时间里，读者也只知道他还写过另一作品《人子》（初版刊行于 1974 年 9 月，至 2000 年 3 月已出到第二十七版），而对其人其事，则不甚了了。据悉，鹿桥本名吴讷孙，1919 年生于北京，1942 年毕业于昆明西南联大后，曾留校任助教，稍后赴美留学。耶鲁大学研究院毕业后，任教于旧金山州立大学和耶鲁大学等处，从事艺术研究。最近，夏志清先生在他的《耶鲁谈往：拿到了硕士学位》（载《万象》2002 年第 3 期）一文中，就提及自己与"吴纳（讷）孙"合拍的一帧毕业照。根据夏先生的介绍，吴讷孙"以《未央歌》一书名噪于国人间"。就在读到这篇文章后不久，网上传来一个消息：3 月 19 日，吴讷孙先生，也就是读者敬爱的《未央歌》作者鹿桥，因病在美逝世，享年八十三岁。耐人寻味的是，该则消息所引标题为——"《未央歌》不辍，鹿桥已逝！"。

初次知道鹿桥和他的《未央歌》，是一位留学生朋友告诉我。据她说，在台湾和东南亚华人社会，四十余年来莘莘学子都是读着《未央歌》成长的，虽然对于他们而言，西南联大在时空上都相距已远，但书中那种青春的憧憬，却伴随着他们踏入各自的大学校门。非常遗憾的是，我真正读到《未央歌》，已经是大学毕业一年以后，我无从想象——如果在中学时代哪怕是在大学期间读到它，自己会有怎样的感想？但是在松花江路的南区研究生宿舍里，我在一夜之间读完了《未央歌》。指间匆匆翻过的书本发出沙沙的声响，我知道，那就像一去不返的大学时光，需要用更多的时间来回味。

鹿桥先生也是在西南联大毕业一年之后才开始撰写《未央歌》的。"七七事变"后，北大、清华及南开三校辗转迁至蒙自及昆明，合建西南联合大学。原本读生物系的鹿桥，赴滇后先进哲学系，后申请转入文学院，至1942年毕业于西南联大的外文系。这种"转益多师是汝师"的读书经历，自然与西南联大的学术氛围不无关系。在外文系教师吴宓当年的日记里，还记载有鹿桥的言语："今后上课之日方长，下学期我仍要读我自己所喜读之书，且以其材料写入考卷，吴先生可勿再疑我也！"有趣的是，与他带给吴宓的烦恼不同，同在西南联大外文系任教的钱锺书先生，对于吴讷孙则给予"注意与特别鼓励"（鹿桥在其所著的散文集《市廛居》中叙及此番话时，似乎还颇有几分自得）。数十年后，他托人将《未央歌》送与钱锺书，不知这是否曾勾起老师对诸多往事的回忆？在《未央歌》的《前奏曲》里，鹿桥这样写道：

在学生生活才结束了不久的时候，那种又像诗篇又像论文似的日子所留的印象已经渐渐地黯淡下来。……为了一向珍视那真的、曾经有过的生活，我很想把每一片段在我心上所创作的全保留下来，不让他们一齐混进所谓分析过的生活经验里，而成了所谓锤炼过的思想。又为了过去的生活是那么特殊：一面热心地憧憬着本国先哲的思想学术，一面又注视着西方的文化，饱享着自由的读书空气，起居弦诵于美丽的昆明及淳厚古朴的昆明人之中，所以现在记载时所采用的形式也是一样特殊的……

这种语言，与其归之于小说，不如说是散文诗吧。数十万字的《未央歌》，抒情夹杂着长篇议论的对白，带来极富感染力的舞台效果。故事从1939年昆明西南联大新校建成开始，蔺燕梅、伍宝笙、余孟勤和童孝贤四个主要人物，都是西南联大的学生。那年秋天，以同等学力考上西南联大的蔺燕梅，在进入校园的第一天，其优美的身姿，轻灵的步履，就为众人所瞩目。在西南联大的新宿舍里，女孩子布置了一个美丽的小空间，像是舞台的背景——墨绿缘边的白枕头，湖绿的被子，厚绿纸包的书，或许再加上女孩最爱的淡绿衣裳，在深深浅浅的绿色衬托中，她像一朵粉色的小玫瑰。天赋也好，后天也罢，最好的阳光滋养她，玫瑰慢慢地蕴集着青春的力量。

西南联大校园里的鲜花是有名的，无论是在蒙自抑或昆明，那种高原的阳光滋养出的玫瑰，都留给人以韶光无限的美感。在春末夏初的日子里，那一丛鲜花被联大的学生想象成校园中最美的女孩，没有人忍心去破坏。而《未央歌》里的蔺燕梅，就在校园晚会上唱了一曲《玫瑰三愿》。这首由龙榆生作词、黄自谱曲的歌，写在1932年淞沪抗战结束后不久（现在的怀旧CD比如《世纪歌典·三四十年代》之类也有收录）。当时任教于上海国立音乐专科学校的龙榆生，面对校园内的玫瑰花感慨不已，写下了这首《玫瑰三愿》的歌词——关于这一点，或许知者无多。龙榆生以诗词赏析名世，所著《唐宋名家词选》则颇为世人瞩目。低回感慨而又婉转明亮的歌声，咏叹的不只是花儿的命运，难怪《玫瑰三愿》会作为一首重点作品收入音乐学院声乐系女高音教材。许多人不能忘情于它，甚至三十余年后（那是什么年代？），依然有人想到要将其曲谱置诸个人文集的开首。而在烽火连三月的日子里，辗转西南三千里的学子们，依然听到这不绝如缕的歌声：

> 玫瑰花，烂开在碧栏杆下，
> 玫瑰花，烂开在碧栏杆下，
> 我愿那妒我的无情风雨莫吹打，
> 我愿那爱我的多情游客莫攀折，
> 我愿那红颜常好不凋谢，
> 好教我留住芳华。

面对一位如此出色、美丽聪明的女孩，你能在这缭绕于耳际的歌声中，想象出怎样的人生情节为之铺展呢？

也许同一人事令人的记忆各不相同，虽然我们知道当年的昆明，物价比风跑得更快，后人也能从众多的回忆录中咂出一番甘苦，但是鹿桥并没有将这些写进他的《未央歌》。《未央歌》写的，是一个成长的故事。它借了云南一地的风光民俗来做背景，背景之下，是流水一般飞珠溅玉的大学生活：上课读书，谈古论今，还有一缕剪不断的儿女情愫——玫瑰花那么美好的女孩子，在校园里怒放，让人目眩，有一个"花匠"余孟勤想用理性的思考让她易于激动的艺术天性有所中和，用学术使她沉潜，不至受到感情的伤害。女孩在接受了"花匠"的理论之同时，也悄悄地以为爱上了这个布道的圣人：

她够聪明了，如果只是唱歌唱得好，跳舞有风姿，几年过去，也许是个风头人物而已。她头一个接受了鞭打，何况不如她的人呢！她每天用功连上课在十二小时以上。……这么一个漂亮的人儿偏有这么个牛脾气！我们系里的先生都说这样的学生是空前的，说不定在毕业时会有多么惊人的成绩呢！

在旁人眼里，蔺燕梅就是一种完美，连象征她的那一丛玫瑰也不容人攀折。可是，一个梦，让蔺燕梅醒了过来——她看到自己从前许下的玫瑰三愿是那么脆弱，"她现在战栗，恐惧地知道了人们肉做的心中，还有这许多危险的火焰。她再聪明，她也逃不掉是个女孩子，她便本能地恐惧着。她不知道这些火焰将来会如何灼伤她，但是起码现在她还未把这火焰引上身来，她又本能地为自己庆幸。因为她正在那对恋爱怀着恐惧的年龄"……

故事末了，蔺燕梅去了文山做少数民族方言调查，而学生物的童孝贤，得了去马关进行一年野外调查的机会，在鹿桥先生说来是"走得最晚，恐怕去得也最远，到现在也许还没有回来呢！"。自然的美，不仅仅存乎山水之间，也滋养了其中的芸芸万物。《未央歌》里的这一群少年人，正是循着这一规则成长的。我想，鹿桥写下那么一个美得近乎理想的故事，大意也包含在这里。

难怪时至今日，被它感动的人依然不少。一位年已不惑的台湾学者告诉我，70年代初他将进大学的时候，就读过《未央歌》，书是长他十一岁的哥哥买的。近三十年过去了，他还记得书中有个人物叫小童。不是没有人想过把《未央歌》改编成影视剧，好让更多的人心有所会，鹿桥在后来的散文集《市廛居》里，就提到海峡两岸都有人来找他商量改编事宜（譬如那个曾唱过一首同名《未央歌》的黄舒骏）。特别是在2000年，关于《未央歌》的拍摄构想，很是热闹了一阵子（据说当时书中人物的原型都还在世）。而在老先生自己心里所设计的剧本，不是长篇直叙场面大细节多人物繁复当然费用也大的那种，而是用简化的视觉条件来做：用光，用影，用朗诵，用默场，……使全剧情节和人物心境犹如云南的山川云霞——浮光掠影，片片段段，从头到尾是中国风度；而烘托全剧的，则是音乐和歌声。只是，作者担心：演员口音不对；穿了旗袍或蓝布大褂，走路不是样子——到哪里去找那样气质的演员！想想释然，逝者如斯，就是尘封于古堡的睡美人，也一定让人产生暌隔已久的陌生感，更何况花颜落去，又换了人间？

据说，现在的大孩子们，正热衷于一部《流星花园》的偶像剧。剧中的 F4（你知道是什么意思？是四个"花儿"少年组成的演唱组）染了发，顶着凤梨头，我看不出与《未央歌》里的小童们有什么相似，但内容则同样是青涩校园里男生女生之间发生的故事。也许，在今天这群看漫画长大的孩子眼中，《流星花园》便是他们的《未央歌》。就像黄舒骏在那首《未央歌》里所唱：

……在未央歌的催眠声中，多少人为它魂萦梦牵／在寂寞苦闷的十七岁，经营一点小小的甜美……那朵校园中的玫瑰，是否可能种在我眼前／在平凡无奇的人世间，给我一点温柔和喜悦……你知道你在寻找你的蔺燕梅，你知道你在寻找你的童孝贤……你知道你在寻找一种永远／经过这几年的岁月，我几乎忘了曾有这样的甜美……也许那位永恒的女子，永远不会出现在我面前／我的弟弟我的妹妹，你们又再度流下同样的眼泪／喔，多么美好的感觉，告诉我你心爱的人是谁／多么盼望你们有一天，真的见到你的蔺燕梅／伍宝笙和童孝贤，为我唱完这未央的心愿。

每一个人，都有他（她）的《未央歌》。了解鹿桥的人，一定能比我说得更多。但对《未央歌》的喜爱，却是不分彼此的。

昆明如水的天空让人遐想：联大校园的那枝玫瑰，夹在这厚厚一本的《未央歌》里，纵使不能结籽播种，也可以芬芳许久——书的封面始终是青翠的绿。

（原载《万象》2002 年第 6 期）

后 记

"近乡情更怯，不敢问来人。"翻看自己过去的文字，颇有同样的心情。感谢卫纯编辑邀我加入"读书文丛"，从而有了这个回顾自我的机缘。

收在这本小集子里最末的一篇，写得最早。当时，我还在念研究生，听闻鹿桥先生逝世的消息，想起先前读过的《未央歌》，有感而发，遂投一稿给《万象》杂志——这便是《夹在〈未央歌〉里的那一枝玫瑰》。后来，断断续续地，将读书所得诉诸笔端，便有了这十来篇文字。

尚君师说这些文字是论文，也不是论文，诚然！它们先后发表于《万象》《读书》《书城》以及后来的新媒体"澎湃新闻"，因杂志的性质而不能附上学术论文常见的注释，写法更大有不同。但就其内容来看，都与手头新近研读的文史材料相关，特别是关于唐代节日习俗与唐人社会风尚的部分……

随着年岁渐长，在古人的只字片言间，渐渐感受到许多意象，触及或明或暗的线索，畴昔作者的思绪，仿佛也能体悟一二，遂不时有所谓发现的快乐。将这些读书心得记录下来，于我而言似乎更是一种创作。在古今之间，透过文字的缝隙，我看见人情的悲欣冷暖，诸多情感穿过雾霭，悠悠而流。"江畔何人初见月，江月何年初照人？"在这文学的江流之上，我掬起一捧，映照出的是唐时的明月。

掬水月在手，弄花香满衣，以此为后记。

戊戌新春于沪上